わたしを抱いたことのない夫が
他の女性を抱いていました、
もう夫婦ではいられません

目次

わたしを抱いたことのない夫が
他の女性を抱いていました、
もう夫婦ではいられません

プロローグ

今日で、結婚して二年が経った。

この記念日を一緒に過ごそうと、夫のラファエルは仕事を休んでくれた。

二人で街に出て、買い物と歌劇を楽しみ、夕食を食べてから家に帰った。

就寝にはまだ少し早かったけれど、お風呂に入って、ゆっくりと湯を楽しんだ。

お風呂を出ると、侍女が丹念に香油を塗り、ちょっとセクシーなネグリジェを着せてくれる。

鏡に目を向ければ、ウェーブのかかったやわらかく長い金髪に青い目の、僅かにふくらんだ胸を持つ女が映っていた。

この二年で背丈も少し伸びたし、胸とお尻の肉付きも少しは増している。丸くて大きい目は少し幼さを感じさせるけれど、以前より大人っぽい顔付きに見えた。結婚当初はまだ似合っていなかったネグリジェも、それなりに様になっているように思う。

寝室に入ると、室内履き越しにも感じるやわらかい絨毯が、わたしを優しく迎えてくれた。

すでに中にいたラファエルは、天蓋《てんがい》付きのベッドに座って本を読んでいる。

青いカーテンを閉め切った部屋の中を、ベッドサイドのランプが照らしていた。

その光は、俯いた彼の彫りの深い顔に影を作りつつも、綺麗な黒髪に光の環を輝かせている。

「お、お待たせ」

緊張して、声が震えてしまった。

ラファエルは顔を上げて、わたしを見ると微笑む。

「ああ、ブリジット。今夜はまた、一段とかわいいね」

本を閉じてサイドテーブルに置くと、ゆっくりと立ち上がって、そばまでやってきた。

そしてわたしを抱き締めると、ふふ、と笑う。

低く色気のある声が鼓膜を揺らして、わたしは腰が抜けてしまいそうだった。

「こんな天使のような君と結婚できて、わたしは世界一の幸せ者だ」

抱き締める腕の力を強めて、ラファエルが耳元で囁く。

わたしがぶるりと震えると、彼は深く息を吸い込んだ。わたしの匂いも一緒に吸い込んでいるのが分かって、恥ずかしくなる。

おずおずと彼の背中に手を伸ばすと、嬉しそうに笑われた。

今夜こそはいけるかもしれないという期待と、やっぱり駄目だろうという諦念が混ざり、足元がぐらつくようだった。

彼はいつだって愛を囁いてくれるし、全身で好きだと表現してくれる。

なのにわたしは、いまだに純潔を保っていた。

彼は「ブリジットを大切にしたいんだ」と言ってくれていたが、それはきっと、八歳も年下の妻を女性として見られないという意味ではないか、とずっと不安だった。

けれど、わたしが成人した年に結婚してから、もう二年になる。身体つきも女性らしくなった。それに今日は一日中、結構良い雰囲気だったと思う。それは、今も。

「じゃあ、お姫様をベッドにご案内しよう」

ラファエルは冗談めかしてそう言うと、わたしを横抱きにした。

がっしりとした首に腕を回すと、彼はそのままベッドの方へと歩いて行く。

そして、優しくシーツの上におろされた。そっと室内履きを脱がされて、冷たい空気に晒されたつま先が丸まる。

彼も、ベッドに乗り上げた。

優しく頭を撫でて、額にかかっている髪を除けられる。唇にキスをされて、わたしは期待に胸を高鳴らせた。

もしかしたら今夜、わたしたちはついに、本当の夫婦になれるのかもしれない。

「かわいいブリジット。君はそのまま、美しい君でいてね」

だが彼は灰色の優しい瞳でそう言うと、もう一度触れるだけのキスをしてから横になってしまった。

あとはわたしに腕枕をして、優しく髪を撫でて——それだけだった。

「あの、ラファエル……」

「なあに？」

「ううん。……わたし、ラファエルのこと、大好きよ」

「わたしもだよ、ブリジット」

そう甘い声で言ってくれたけれど、それ以上のことはなくて。

今日も、わたしたちの関係は進まなかった。

◇◇◇

それから数日後、これでは駄目だと、わたしはカロリーヌ様に相談することにした。

カロリーヌ様はラファエルの幼馴染で、わたしも姉のように慕っていたし、彼女もわたしを可愛がってくれていた。

そして、わたしが親しくしている人の中で、一番大人の女性だった。

もちろん年齢だけで考えれば他にも母やお義母様もいるが、彼女たちは恋愛相談をするには年が離れすぎているし、なにより身内にそんな話をするのは恥ずかしい。

カロリーヌ様には旦那様もいらっしゃるし、夜会での様子を見ていると、男性に慣れている印象があった。それに、ラファエルのことにも詳しい。

恥ずかしい気持ちもあるけれど、一番力になってくれるのは彼女だと確信していた。

カロリーヌ様のお家の庭にお邪魔させてもらって、紅茶をいただく。

そばには綺麗に手入れのされた庭木や花壇、きらきらと光を反射する大きな噴水があった。

いつもならそんな光景と清々しい空気に包まれて爽やかな気分になるが、今日ばかりはもやもやとした気持ちが晴れない。

「それで、相談ってどうしたの？」

とりとめのない世間話をしたあと、カロリーヌ様が切り出した。

一瞬、話すのをやめようか迷ってしまった。でも、ここまで来てそれはないだろうと、膝の上でこぶしを握る。

「その……わたしとラファエル、まだ……所謂、清い関係なんです。それに、悩んでいて……」

カロリーヌ様の青い目がぱちぱちと瞬きして、髪と同じ色の真っ赤な睫毛が揺れた。

「そんな……あなたとラファエルが上手くいっていないなんて、まったく気付かなかったわ」

「上手くいっていないというか……その、仲が悪いわけではないいんですけれど……」

ぼそぼそと言うと、カロリーヌ様は眉尻を下げて微笑んだ。

「ええ、ええ。分かっているわ。ごめんなさい、わたくしの言い方が悪かったわね」

そして視線を下げて少ししてから、思い出すような口ぶりで話し始めた。

「わたくしと会っている時も、いつもあなたが可愛くてしょうがないって話をしていたから、そんな悩みがあるなんて思わなくて」

かわいいい。普段であれば嬉しい言葉のはずなのに、今はそう受け取れない。

「やっぱりわたしのこと、妹とか、そういうふうに思っているんでしょうか……」

「うーん……どうなのかしら……」

カロリーヌ様は頬に手を当てて、考えているようだった。

そしてしばらくしてから、目を輝かせてわたしを見る。

「そうだ、わたくしが殿方の誘い方を教えましょうか！」

「えっ!?」

驚きの声を上げるわたしに、カロリーヌ様はいたずらっぽく笑った。

「ラファエルも、あなたのことがちゃんと好きだと思うわ。けれど歳が離れているし、少し気が引けているのかも。だからここは、むしろあなたがリードするくらいでいった方が上手くいくかもしれないわ」

「な、なるほど……？　でも、わたしにできるでしょうか……」

夫婦の営みがどういったものかは教育されているものの、経験がまったくないのだ。夫としていない以上、当たり前なのだけれど。

「だから、わたくしが教えてあげる。明日の夜、空いているかしら？」

明日はラファエルも仕事で帰ってこないと言っていたので、大丈夫だろう。わたしは頷く。

「じゃあ、南にある『満月』っていう宿屋を知ってる？」

「ええ、聞いたことは……」

『満月』というのは、王都の南の方にある宿屋だった。

敷地内に幾つかある建物を丸々借りるという変わった形式から人気があって、噂に疎いわたしでも聞いたことがあるくらいだ。

宿泊料が高くて、利用するのは名の知れた冒険者や、貴族くらいらしい。だから迷惑な客も少なくゆっくり過ごせると、それがまた人気に拍車をかけていた。

「そこの部屋をとっておくから、いらっしゃい。『満月』までくれば迎えを寄越すから。夜に一人で、わたくしの夫もいる家に来るのは気が引けるでしょう？」

どうしてわざわざそんなところに行かなければならないのだろうと思ったが、気を遣ってくれたようだ。

「はい。ありがとうございます」


そして翌日の夜、わたしは約束どおり『満月』に来ていた。

敷地の入り口にある建物に入ると、見覚えのある女性に声をかけられる。カロリーヌ様の侍女だ。

「一番東の三番の小屋になります。こちらが鍵です。受付に見せれば中に入れます」

「あ、ありがとう」

「奥の部屋で待っておられるそうなので、建物についたらそちらにお入りください」

「分かりました」

鍵を受け取って、受付に進む。言われたとおりに鍵を見せると、受付の人がカウンターを開けて、その奥の扉を指した。

「こちらからどうぞ」

「ありがとう」

そういう仕組みなんだ、と初めての宿屋にどきどきしながら入っていく。

扉をくぐると、草木が手入れされた広い敷地に、ぽつぽつと小屋が建っていた。とりあえず東に向かって行く。それぞれの建物のそばに数字の書かれた看板が立っていたので、三を探しながら歩いた。

五分ほどで見つけたので、鍵をさして回し、扉を開ける。

そこには、テーブルとソファのある、居間のような部屋が広がっていた。

緊張しながら、そっと入る。

左手には厨房があって、奥と右手には扉があった。

奥の部屋で待っているという話だったので、そちらに近づく。

すると、声が聞こえてきた。小さく断片的だから、内容は分からない。

誰かといるのだろうか？ でも侍女はそんなこと言っていなかったし、むしろ入るように言われた……。

迷ったが、とりあえずノックをした。しかし返事はなく、声も止まらない。

しばらく考え込んで、わたしがずっとここにいてもカロリーヌ様を待たせるだけだし、と扉を開けることにした。

彼女だってわたしが来ることを分かっているのだから、突然わたしが現れて困るような状況ではないだろう。

もし込み入った話をしているようだったら邪魔をする前に戻ろうと、そっと扉を開いて、中を覗き込む。

大きなベッドと、その上で絡み合う男女の剥き出しの肌が目に入って、手が止まった。

「あっ、あっ、あっ……ん、もっと、そこっ……」

「なに？　また奥に欲しいの？」

「うん……焦らさないでぇっ……」

他人の見てはいけないところを見てしまった驚きで固まってしまったが、すぐに気付いた。

組み敷かれている女性の顔は、ちょうど相手の男性の腕に隠れて見えない。でも、その鮮やかな赤い髪は見覚えのあるものだし、声も、普段とは調子が違うものの聞き覚えのあるものだった。カロリーヌ様だ。

ここにわたしを呼び寄せたのは彼女だから、それは良い。

わたしが来ることを分かっていたのに、なぜ情事に溺れているのだろうという疑問と驚きはあるが、ここにカロリーヌ様がいること自体はおかしくない。

問題は、男性の方だった。

こちらからはカロリーヌ様に覆い被さる背中しか見えないが、その体格や黒い髪、声は、わたしのよく知っている人に似ていた。

「あっあっあっ！」

「これで、満足？　はは……っ、聞かなくても、分かるか。気持ち良さそう」

「うん、うん、気持ち良い……！」

男性が腰を打ち付けるように動かして、カロリーヌ様はそれに甘い悲鳴をあげる。

嬌声と、くちゃくちゃとした濡れた音と、肌がぶつかる乾いた音が部屋中に響いた。

ノックの音が聞こえなかったのも無理はない。そう思ってしまうほど、彼女たちは盛り上がっているようだった。

耳を塞ぎたいのに、手が動かない。見てはいけない。すぐにここを離れなければと思うのに、足も動かない。

あの男性がわたしの知る人ではないという確信が欲しくて、でもどうしたらいいのか分からない。

わたしは、はくはくと口を開いたり閉じたりすることしかできなかった。

すると、身を捩らせた拍子にカロリーヌ様の顔がこちらを向き、目が合った。

彼女は一瞬目を見張ると、口角を上げて、男性の首に腕を回す。

「ねえ、ラファエル。キスしてぇっ……」

彼女が呼んだ名前を耳にして、どくんと心臓が飛び出しそうになった。

男性は、求められるままにカロリーヌ様へ口付けをする。

わたしの知るキスはちゅっと軽く触れあうようなものだったけれど、彼女たちのそれはまったく違った。

長い時間唇を合わせて、時折「んっ」「あっ」と甘い声や吐息が漏れている。

わたしは息苦しくなって、は、は、と浅い呼吸を繰り返した。

背を向けて睦事に夢中になっている彼には聞こえていないようで、キスを続けている。

唇を離すと、カロリーヌ様は男性に抱き着いた。彼の逞しい肩に顎を乗せて、わたしからもその表情がはっきりと見える。

彼女は笑って、男性の耳に囁いた。

「あ、あ、好きよ、ラファエルっ……気持ち良いっ……！　好き、好きっ……！」

喘ぎながらのその言葉に、ラファエルと呼ばれた男性は身体を起こした。

「俺も好きだよ、カロリーヌ」

ついにわたしの身体から力が抜けた。

座り込んだ拍子にお尻が床にぶつかって、どすんと音を立てる。

流石に、あの男性にも聞こえたらしい。彼はびくりと身体を揺らすと、振り返った。

「……ブリ、ジット……？」

大きく見開かれたその瞳は、よく知っている色をしていた。

カロリーヌ様を抱いていたラファエルは、わたしの夫だったのだ。

第一章　かつての幸せな日々

シュヴァリエ伯爵家に産まれたわたしには、婚約者がいた。

相手は、エルランジェ伯爵家の長男であるラファエルだ。

どうしてわたしたちの婚約が決まったかというと、わたしと彼の家の、何代か前のご先祖様の話に遡《さかのぼ》る。

当時、両家に産まれた男女は愛し合っていたが、その頃の政界事情から、結婚することを許されなかった。二人はそれぞれ違う人と結婚して子どもをもうけたが、『いずれ二つの家それぞれに男女が産まれたら、一緒にさせて欲しい』という言葉を遺したそうだ。

しかし数代にわたってどちらの家にも男児が続き、今回、女であるわたしがシュヴァリエ伯爵家に産まれた。今となっては両家の力も弱まってきていて、この二つの家の結びつきを反対するような声もなくなっていた。

そうして、わたしたちの婚約が決まったのだ。

歳は八歳離れていたがそう珍しいことではないし、あの頃はまだベルナール――ラファエルの弟だ――も産まれていなかったから、わたしが出生してすぐに婚約が決まったそうだ。

そして、将来結婚する二人には仲良くしてもらおうと、幼い頃から互いの家を訪問することがよくあった。

わたしが十二歳の頃になると、家の中だけでなく、二人で外に出かけるようになった。

ラファエルは案外女性的な趣味をしているというか、恋愛物のお話が好きで、一緒に劇を見たあと、近くのカフェで感想を話し合うのがわたしたちのデートの定番だった。

『どうだった？』

ラファエルが聞いてくる。

その日に観たお話は、犬猿の仲の家に生まれた男女が愛し合うが、周囲に反対されて駆け落ちをする。親が決めたヒロインの婚約者が追って来るも、決闘をして恋人が勝ち、二人で人生をやり直す、というものだった。前半は面白かったのだが、ヒロインと恋人が家のお金や宝石をくすねて駆け落ちをしたあたりで、わたしはどうかと思ってしまった。

彼女たちが今まで生活できていたのは、家族や領民のおかげだ。なのに家を継いで恩を返すこともせず、領民たちが納めてくれた税で得たものを、家を出る自分たちのためだけに使うなんて。

そこからわたしはヒロインたちを応援できなくなって、当て馬の婚約者に夢中になっていった。

彼は恋人とは違い、甘い言葉を囁いていなかったし、見目もあまり良くないという設定だった。

でも真面目でいい人だったし、最後にはヒロインを追ってきて決闘をするという情熱的な面も見せた。

負けた現実を受け止めて、『二人の愛に胸を打たれました。……お幸せに』と残して静かに去って行く場面にわたしは大泣きして、その後の、港町に着いて幸せそうにキスをする主役二人を恨めしいと思ったほどだった。

けれど上手く言葉にできなくて、たどたどしく話すと、ラファエルは呆れたように笑った。

『ブリジットは、良い子だね』

なんだかその言い方に距離を感じて、わたしは必死に弁明した。

『わ、分かってるの、そんなこと気にしてたらお話なんて楽しめないって。でもなんだか、そんなあっさり幸せになれるんだったら、わたしたちのご先祖様の苦悩はなんだったの？　とか、貴族としての立場は？　とか、あの負けた男の人が可哀想とか、色々思っちゃって……』

『そんなことないよ。同じものを見たって、感じ方は人それぞれ違う。そんなに考えて涙まで流して、ブリジットはそれだけ楽しんだということだし、とても良い意見だと思うよ』

ラファエルはそう言って、テーブルの上のわたしの手を握った。

温かくて大きな手に、なんだか安心する。

『それにわたしは、ブリジットのそういうところが好きだな』

ラファエルがそう言ったので、俯いていた顔を上げた。

彼は眩しいものでも見るように目を細めて笑い、わたしの手の甲を指でなぞる。

今までとは少し違う触れ方に、どくんと胸が高鳴った。

『だから、そのままの君でいて欲しい』

『うん……』

嬉しいのと同時に恥ずかしくて、わたしは小さな声で頷いた。


そして成人を迎えると、社交界に出ることになる。

王都では毎年、成人した貴族の子女が主役となる舞踏会――デビュタントが行われていた。

新成人のお披露目と同時にお見合いの場にもなるが、わたしのようなすでに婚約者がいる人には、そういった駆け引きは関係ない。

わたしはもちろん、ラファエルと一緒に出席した。

初めての社交の場に緊張したけれど、この日のために用意したドレスやアクセサリーで着飾ると気分が高揚したし、ついにラファエルと公の場に出られるという喜びもあった。

そしてその時に、カロリーヌ様と知り合ったのだ。

『やあ、ラファエル』

『これはこれは、オベール伯』

話しかけてきたのは、ラファエルより一回りほど年上のような紳士だった。

その隣には真っ赤な髪の美しい女性がいて、思わず目を奪われる。

『彼女はブリジット。シュヴァリエ伯爵家の一人娘で、わたしの婚約者です』

『初めまして、ブリジット嬢。ラファエルが首《くび》っ丈《たけ》と噂の婚約者殿とお会いできて、嬉しいよ』

『あ、ありがとうございます。わたしも、伯爵とお会いできて嬉しいです』

挨拶をしながらも、嬉しい話を聞けて頬が赤くなる。

『ブリジット、彼はオベール伯爵。そしてその隣が、オベール夫人だ』

『初めまして、カロリーヌと申します。あなたとお会いできる日を楽しみにしておりましたわ』

『ありがとうございます、夫人』

この場には美しい女性がたくさんいたが、彼女は一際綺麗で、色気があった。真っ赤なリップが似合っていて、わたしが想像する大人の女性そのものだ。

『妻はバラチエ子爵の娘でね。昔からラファエルと交流があったようで、今日君に会えるのをとても楽しみにしていたんだ』

『まあ……ありがとうございます』

バラチエ子爵領は、ラファエルの父親が治めるエルランジェ伯爵領の隣だ。

『いつも、婚約者は天使のように愛らしいって自慢されていたの。あまりにもうるさいから、正直、惚れた欲目じゃないかしらと思っていたのだけれど……本当に、とっても愛らしいレディね』

『あ、ありがとうございます』

顔が燃えるように熱くなる。ラファエルを見ると、照れたように笑いかけてくれた。

そしてラファエルとオベール伯が一言二言話して、彼女たちとはお別れする。

そしてラファエルが、わたしを会場の端に案内してくれた。

『疲れただろう。飲み物を取って来るよ』

『ありがとう』

一人で待っていると、女性のクスクスという笑い声が聞こえて、自然と目が向く。

わたしより少し年上のような女性が二人、こちらを見ながら笑っていた。

話の内容は聞こえないから何とも言えないが、陰口を言われているようで嫌な感じだ。

あたりを見回して、ラファエルを捜す。

でも彼は見える範囲にいなくて、居心地が悪くなったわたしは俯いた。

『ねえ、あなた、どちらのお嬢さん？』

話しかけられて顔を上げると、そこにいたのは、つい先程わたしを見て笑っていたうちの一人だった。

今も笑みを浮かべているが、その瞳には明らかな敵意がある。

関わりたくないけれど、無視するのも失礼なので、答えるしかなかった。

『あの、わたし……シュヴァリエ伯爵の娘で……』

『まあ！　じゃあ、あなたがブリジット？』

『え、ええ……』

すると彼女は、ぷっと噴き出すように笑った。

『それはそれは、失礼しました。どこかの子どもが迷い込んだのかと思って』

『え……』

『まさかあのシュヴァリエ伯爵令嬢が、こんなに幼い子だとは思わず……』

こうもはっきりと悪意を向けられたのは初めてで、どうしたら良いのか分からなかった。

怖くて、逃げたくて。

しかし立ち去るわけにもいかず、視線を下げる。

『失礼。わたしの婚約者に何か？』

震えていると、ラファエルの声が聞こえた。

勢いよく顔を上げると、グラスを持ったラファエルがすぐそばに立っている。けれど、彼の顔には笑みが浮かんでいた。

『あっ……ラ、ラファエル様！』

声を上げる令嬢に、彼は笑顔のまま、わたしが聞いたことのない低い声を出した。

『アデール嬢。わたしの婚約者に、何か？』

『い、いいえ。お話に聞いていたブリジット嬢を見かけたから、つい嬉しくなってお話を……』

嘘よ、と声を上げる勇気もなくて、こぶしを握った。

『そうですか。嘘は感心しませんね。内容までは聞こえませんでしたが、あなたたちの様子は楽しくお話ししているようではなかったですから』

『そ、それは、たまたまそう見えてしまっただけですわ。わたくし、これで……』

踵を返そうとした彼女の肩を、ラファエルが掴んだ。

『次はないですよ。身の程を弁《わきま》えることですね』

『っ』

彼女の方を向いていたので表情は見えなかったが、声色や雰囲気から、ラファエルが怒っていることは十分に伝わってきた。

それを直接向けられたわけではないわたしが震えるくらいだったので、彼女も相当怖かっただろう。

『さ、ブリジット。あちらで休憩をしよう』

『う、うん』

棒立ちになった令嬢をそのままに、ラファエルが振り返って手を差し出す。

その表情はいつもの優しいものだったので、わたしはほっと息をついて、その手を取った。

バルコニーに案内されて、グラスを渡される。

『ごめんねブリジット。君を一人にするべきではなかった』

『ううん、いいの。……あの人は、だれ？』

『君は知らなくて良いよ。前に一曲ダンスの相手をしてから、何か勘違いしているようでね』

ズキ、と胸が痛んだ。

彼女個人に嫉妬して、というわけではない。ただわたしがいない間に、彼は様々な女性と関わっていたことを実感しただけだ。

『たまにいるんだ、そういう雌《ひと》が。ブリジットには難しいかもしれないけれど、気にしなくて良い。わたしの愛する人は、君だけだからね。もしまた何かあったら、すぐに教えて』

『うん……』

ラファエルがそう言って手の甲にキスをしてくれたおかげで、肩の力が抜けた。

楽しいこともちろんあったが、わたしにとってこの一件が衝撃的すぎて、今でも舞踏会が苦手だった。

そして、デビュタントを迎えて約一ヶ月後。

夜会が活発に開催されるこの時期は、ほとんどの貴族が領地を離れて、王都にある別邸に滞在する。

わたしは結婚式の打ち合わせのために、王都にあるエルランジェ邸を訪れていた。

もう一ヶ月後には、王都で式を挙げる予定なのだ。

『久しぶりだな、ブリジット』

『ベルナール！　元気にしてた？』

『ああ』

ラファエルにエスコートされて中に入ると、ベルナールが迎えてくれた。

彼はラファエルの九つ下の弟で、わたしとは一歳差になる。

ラファエルと同じような黒髪と灰色の瞳だが、ベルナールの方が快活な雰囲気があった。

一人娘で近くに年の近い子もいなかったわたしにとって、ベルナールは唯一の友達と言ってもいい存在だ。

今シーズンにエルランジェ邸を訪れたのは今日が初めてなので、彼とは半年ぶりの再会になる。

久しぶりに会えたのが嬉しくて駆け寄ろうとすると、ラファエルはくすくすと笑いながら歩幅を合わせてくれた。

ベルナールはわたしとラファエルの繋いだ手を一瞬見ると、すぐに視線を逸らしてニヤリと笑った。

『どうだった？　初めての舞踏会は。兄上の足を踏んづけなかったか？』

また軽口が始まった、と思いながら、わたしはふふんっと胸を張る。

『ご期待に沿えなくて申し訳ないけど、完璧だったわよ。ね、ラファエル』

『ああ。素晴らしかったよ』

ほらね、と視線で訴えると、ベルナールはつまらなそうに肩を竦めた。

『ま、いいよ。来年には兄上のリップサービスだって分かるからな』

『わたしがちゃんと踊れる証明ができるわね』

こうしてベルナールとじゃれ合っていると、子どもの頃に戻ったような気がして、心が軽くなるようだった。

あの舞踏会から、令嬢に絡まれたことを思い出しては暗い気持ちになっていたのだ。

けれどよくよく考えれば踊りはちゃんとできたし、ラファエルも褒めてくれた。

お話しした人たちもみんな優しくて、心無い言葉を投げかけてきたのは、笑ってきたあの女性たちだけだ。

たくさんの良いことがあったのに、たった二人のことを考えてくよくよするのはもったいない。

そう、前向きに考えられた。

ベルナールと別れたあとはラファエルの御両親と挨拶をして、結婚式やその後の生活のことを話し合った。

昔からラファエルと早く結婚したいと思っていたが、その想いはより強くなっている。

婚約者じゃなくて、ラファエルの妻としてちゃんと隣に立ちたい。この人はわたしの夫なのよ、と他の人に示したい。

そんな気持ちで、結婚式までの日を指折り数えて過ごした。


そしてついに、結婚の日を迎えた。

ドレスは、白いAラインのものにした。

母からはプリンセスラインのものを勧められたが、少し子どもっぽいかなと思いこれに決めた。

ただ、シンプルなものだと背伸びしたように見えてしまったので、長袖のレースにして、ビジューをたっぷり使い、トレーンも長くして、と華やかさも出した。

ティアラをつけると我ながらお姫様のようで、式の緊張よりも、うきうきの方が勝った。

父の腕を取って入場すると、招待客の方々が大きな拍手で迎えてくれた。

顔を上げると、驚いた顔のラファエルが待っている。

目が合うとふんわりと花が綻ぶように笑ってくれて、彼もこの花嫁姿が気に入ってくれたようだ。

『とても綺麗だよ』

隣に立つと、進行の邪魔にならないよう、こっそりと囁かれた。

かわいい、は今まで何度も言われてきたが、綺麗は初めてだった。

頬が緩み切って、なかなか戻ってくれない。

『それでは、誓いのキスを』

そう司祭様に言われて、ドキドキと高鳴る心臓の音を聞きながら、ラファエルに身体を向けた。

今まで唇にキスをしたことはなくて、これでやっと彼の奥さんになれるのだと、夢でも見ているような気分だ。

彼の顔が近づいて唇が触れた一瞬で、わたしの心臓はぎゅうっと締め上げられたようだった。

絞り出された甘酸っぱい波が全身に広がって、手足が痺れるみたいだ。ときめきが溢れて、のぼせてしまいそう。ファーストキスはレモンの味がする、なんて聞いたことがあったが、こういうことだったのか。

そんなふわふわとした心地のまま式を終えて、結婚を祝うパーティーの時間になった。

会場に入ると、みんなが祝いの言葉や、綺麗だね、なんて声をかけてくれる。

ラファエル側の招待客の方々なんて、『やっと結婚できたな』と彼をからかっていて、それがなんともくすぐったい。

普段だったら、衣装は良いけどなぁ……なんて嫌味を言ってきそうなベルナールでさえ、『まあ、いいんじゃないか？　似合ってるよ』と大人しかったので、さらに自信が高まった。

楽しいパーティーも終わって、着替えたあと、王都にあるエルランジェ家の別邸に帰る。

お部屋の案内もそこそこに浴室へと案内されて、侍女に入浴の世話をされていると、これから初夜を迎えるという実感が湧いてきた。

結婚したらそういうことをするというのはもちろん知っていたが、より生々しい想像をしてしまって緊張する。

侍女たちに磨かれ、ネグリジェを着せられて、夫婦の寝室に入った。

『ブリジット』

ラファエルは扉の音でわたしに気付いたようで、ソファから立ち上がる。すぐに目の前まで来て、そっとわたしを抱き締めた。

緊張でぴしりと身体が固まり、心臓がうるさく鳴る。

そんな中、わたしのものではない鼓動に気付いた。ラファエルの心臓の音だ。わたしと同じくらいの速さで動いているのが伝わってくる。

見上げると、彼は今までに見たことのない表情をしていたので、つられて顔が真っ赤になった。

元々ラファエルは垂れ目なのだけれど、今はいつも以上に目尻が垂れていた。とろりとした灰色の瞳は、蜂蜜でも滴ってきそうなほどに甘い。頬も耳も桃色に染まっていて、僅かに口角の上がった唇からは熱い吐息が漏れていた。

わたしはこの瞬間、ああ、ラファエルもわたしが大好きなんだな、と思った。

言葉にされなくても、彼の全身がそう訴えているように感じたのだ。

『かわいいね、ブリジット』

ラファエルはそう囁いて、わたしの頬を両手で包み込んだ。

そっと顎を上に向けられて、キスをする。何度もそれを繰り返された。

キスが終わって、ラファエルはわたしを見つめる。

『愛しているよ、ブリジット』

『わ、わた……わたしも……』

あまりに胸がいっぱいで、そう返すことしかできなかった。

ラファエルはわたしをお姫様のように抱き上げると、ベッドへと向かった。

シーツにそっと降ろされて、室内履きを脱がされる。

そしてギシリと軋ませながらベッドに乗り上げると、額同士を合わせた。

『嬉しいよ、ブリジット。わたしたちは、同じ気持ちなんだね』

『うん……』

そう頷いた声は掠《かす》れていた。

どうしよう。ラファエルの背中に、腕を回した方が良いのだろうか。

でも、結婚したばかりなのに変に積極的だな、と引かれたらどうしよう。

逆に何もしなかったら、優しいラファエルはわたしが嫌がっていると勘違いするかもしれない。

『緊張しているね』

ふふっと笑われて、わたしはぎこちなく頷いた。

『だって、どうしたらいいのか……』

『そうだね。難しいね』

ラファエルはにこにこと笑って、わたしの頭を撫でる。

とりあえず、呆れられてはいなくて良かった。

『でも大丈夫だよ。今日はこのまま寝てしまおうか』

『え？』

ラファエルはそう言うと、隣に寝転がった。

初夜失敗という文字が頭に浮かんで、泣きそうになる。

やっぱり、反応が子どもっぽすぎたのだろうか。

『だ、大丈夫だよ、ラファエル……』

『元々、結婚してすぐにしようとは思っていなかったんだ。だから、大丈夫』

『な、なんで？　わたしじゃ……だめ？』

もしかして、妻としては見られない、ということだろうか。

縋るようにラファエルの服を掴むと、そっとその手を包まれた。

『ううん。そうじゃないけれど、まだ成人したばかりだろう』

『でも、成人は成人よ。結婚もしたし……』

『それでも、まだ早いよ。どうしても、君の身体への負担は大きくなってしまうから。好きだからこそ、大事にしたいんだ』

そう言われて指先にキスをされて、焦りが消えていく。

『うん……』

『いい子』

その言葉に、やっぱり妹のように思われているのではないかと不安になった。

『あのね、ラファエル』

『なあに？』

『やっぱりわたしじゃ、妹みたい？　奥さんって感じじゃない？』

もし優しい嘘を言われたら気付けるようにと、しっかりと目を見つめて言った。

ラファエルは目をぱちぱちと瞬いて、ふっと笑う。

『そうじゃない。愛しい雌《女性》だと思っているよ。だからこそブリジットには無理をさせたくないし、ちゃんとしたいんだ』

『わたし、無理してないよ？』

『気持ちの問題じゃなくて、身体のことだよ』

『でも、成人してすぐに結婚して子どもを作る人も、たくさんいるわ』

ラファエルは眉尻を下げて、少し困った様子だった。

『ブリジットは、そんなにしたいの？』

『えっ……と……そういうわけじゃ……』

そう言われると、困ってしまった。

したいかと言われると、それは違う気がした。

何をするのかは知っているものの、初めてのことだから、実際にするとどうなるものなのか分からないのだ。

気持ち良いとも痛いとも聞くから、不安が大きい。それに、とても恥ずかしいことだけは容易に想像がつく。

でもこのまましないのは、夫婦としてどうなのかとも思う。

『あっ、……でも、したくない、わけじゃなくて……あの……』

『うん』

ラファエルは急かすことなく、わたしの髪を撫でながら待ってくれた。

『夫婦になった夜って、普通は、その、するでしょう？　だから、本当にしなくていいのかなって……』

『そっか。ブリジットは不安になっちゃったんだね』

『うん……たぶん、そうなの……』

ラファエルは笑って、また額にキスをした。

『ブリジット。世の中には色んな人がいてね。夫婦の関係も、その進め方も、様々だ。確かに多くの人は、初夜を身体を重ねて過ごすんだろうね。けれどわたしは、そういう世の中で普通とされていることに囚われないで、真剣に君のことを想っているんだ』

そう話すラファエルの声は穏やかで、優しくて、自然と肩の力が抜けていく。

『だから普通はどうかではなく、わたしたちのペースで進んでいけばいいと思っている。そういうものだからと君を抱いて、痛かったり、怖かったり、辛かったりする思いはして欲しくない。それでも、不安になっちゃう？』

『ううん……』

ラファエルの温かい声に、もやもやした気持ちが溶かされていくようだった。

先程までは抱かれないことに不安を感じていたけれど、今はむしろ、それだけ愛してくれているのだと思える。

『じゃあ今日は、このまま寝ようか。わたしに君を大事にさせて』

『……うん』

ラファエルが腕を伸ばしたので、わたしはその上に自分の頭を乗せた。そうすると、よしよしと頭を撫でてくれる。

『あのね……大好き』

『わたしもだよ』

ふふっと笑ったラファエルは本当に嬉しそうで、わたしはこれ以上ない幸せを感じながら眠りについた。


それから、わたしたちはスキンシップをするし一緒に眠るものの、身体は重ねない日々が続いた。

それでも、不安はなかった。ラファエルがわたしを想ってそうしてくれていると信じていたし、彼がわたしを好きでいてくれることを疑いようがなかったからだ。

夜会に行くことが多くて、考え込む余裕がなかったのもあるかもしれない。

そして今年の社交シーズンが終わり、エルランジェ伯爵領に帰った。

嫁ぎ先だからと今までもエルランジェ領のことは勉強していたけれど、その地に住んでみると、新しい発見がたくさんある。

お義母様に付いて回り、色々なことを学ばせていただいていると、時が経つのはあっという間だった。

ある日、廊下を歩いていると、窓の外を物憂げに見つめるベルナールを見つけた。

昔と違って今は一緒に住んでいるが、意外と二人で話す機会は少ない。

何か悩んでいるのなら力になりたいし、久しぶりにゆっくり話せるかも、と少し期待しながら声をかける。

『ベルナール、どうしたの？』

『あ、ああ……ブリジット』

ベルナールは肩をびくりと跳ねさせると、わたしを見て溜息をついた。

失礼だなあと思いながらも、それだけ思い悩んでいることがあるのかと心配になる。

『どうしたの？　なんだか深刻そうな顔をしていたけど』

『いや……』

それだけ言うと、ベルナールはまた窓に顔を向けた。

冷たい反応に、少し戸惑う。何かしてしまったかしらと横顔を見つめていると、慌てたように口を開いた。

『ほら、次は俺が成人するだろ。それで、パートナーを誰にしようかって』

『ああ……』

なるほど。もう来年のデビュタントに向けて動き出す頃だった。

わたしはラファエルという婚約者がいたから悩まなかったが、そういう相手がいない場合は、一からパートナーを探すことになる。

もしかしたらその人が将来奥さんになるかもしれないし、デビュタントの相手選びは重要だ。

そういえば、ラファエルは誰をパートナーにしたのだろうか。

気にはなったが、昔のことだし、もうわたしとラファエルは夫婦だから関係のないことだ。

首を振って、ベルナールに意識を戻す。

『候補はいるの？』

『まあ……』

『じゃあ普通に、その中で良いなって思う娘《こ》にしたら？』

と言うとじとりとした目で見られたので、慌てて手を振った。

『って、そんな単純な話じゃないから、困ってるのよね。ごめん』

『いや、いい。そうやって普通に決めたいのに決められない、俺の問題なんだ』

そう言って目を伏せる姿に、ピンとくるものがあった。

『もしかしてベルナール、好きな娘《こ》がいるの？』

『……ああ』

なんだか悔しそうに眉を寄せて頷く姿に、思わずきゅんとしてしまった。

誰かと恋のお話なんて、したことがない。

すぐに相手は誰なのかとか、今どういう関係までいっているのかとか、聞きたくてうずうずしてしまったけれど、その気持ちを抑え込んだ。

友達とはいえ異性だし、ラファエルと結婚した今、わたしはベルナールの義姉ということになる。

そういう話はしづらいだろう。

おそらく両親が用意した候補者の中にその娘《こ》はいなくて、そしてその娘《こ》は、誘えないような相手なのだろう。

ベルナールの性格だったら、候補にいなくても申し込みそうだもの。

だからこそどうしようか悩んでいるのだ。

そう考えると余計に相手が気になったが、ひとまず、ここは理解のある義姉として振舞うことにする。

『それだと、辛いわね。だったら、一番ベルナールに気を持たなそうな娘《こ》を選ぶ……とか？』

ベルナールが俯いていた顔を上げた。

真っ直ぐな瞳と寄せられた眉を見ると、責められているように感じてしまう。

慌てて、手を振りながら話を続けた。

『その、ほかの娘《こ》と関係を深めるなんて考えられないから、悩んでいるんでしょう？　だったらドライに、ただのダンスパートナーとしていられそうな娘《こ》を選ぶしかないんじゃないかしら……って、このくらいベルナールなら思いついてるわよね』

なんだか話しているうちにベルナールの顔がまた曇ってきたので、慌ててフォローを入れた。

『いや……うん。そうだよな……。なんか、気持ち、切り替えられるかも』

『そ、そう？　それならよかった』

とてもそうは思えない覇気の無さが気になったが、これ以上わたしが言っても力になれなさそうなので、この話は終わりにすることにした。

空気を切り替えようと、明るい声を出す。

『そうだ、ダンスの練習は順調？　恥をかかないように、相手になってあげよっか？　昔みたいに』

昔、絵本でダンスパーティーの絵を見て、見よう見まねで二人で踊ったことがあった。

庭でただ手を繋いでくるくると回って、途中からは相手の足を踏んづけ合うというめちゃくちゃなものだったけれど、とても楽しかったのだ。

そんな思い出を頭に思い浮かべながら言うと、ベルナールは何秒か瞠目《どうもく》したあと、はあ、と深い溜息をついた。

『お前さぁ……人妻の自覚はないのか？』

『ひっ』

人妻、という響きにドキリとしてしまった。

そうだ、わたしはラファエルの奥さんなのだと、改めて気付かされたような感覚になる。

『もう子どもじゃないんだし、兄上と結婚したんだから、そういうのは良くないんじゃないか？　しかも、兄上のいないところで』

『う……ご、ごめんなさい……』

確かに考えが足りなかったと反省する。

相手はベルナールだし、たぶんラファエルは気にしないだろうけれど……

でも、もしわたしに姉妹がいて、その人が舞踏会でもないのにラファエルと踊っていたら、嫌な気持ちになるのかもしれない。

『別に、謝ることでもないけどさ……。じゃあ、俺はもう用事があるからいくぞ』

『う、うん。ごめんね、考え事の邪魔して』

『いや、いい。なんか、色々吹っ切れそうだし』

『そう？　よかった』

よく分からないが、どこかすっきりした顔をしていたので安心した。

歩いていくベルナールを見送って、溜息をつく。

なんだか、昔と違う距離感が寂しかった。

◇　◇　◇

翌年の社交シーズンが始まったので、王都にあるエルランジェ邸に滞在して、また夜会に出る日々が続いた。

ラファエルは、デビュタントでわたしが令嬢に絡まれてからずっと、夜会で一人にならないようにしてくれていた。

それは今年もそうで、化粧室に行く必要があれば、カロリーヌ様にわたしの同行をお願いする徹底ぶりだった。

『オベール夫人。申し訳ないのだが、わたしの妻はまだこういった場に不慣れなもので。化粧室まで案内していただいてもよろしいだろうか？』

ラファエルが声をかけると、カロリーヌ様はくすりと笑って頷いてくれた。

二人で並んで化粧室に向かう。

初めの頃は人見知りをして緊張していたが、もう自然に話せるようになっていた。

『窮屈にならない？』

『え？』

カロリーヌ様の言葉の意味が分からなくて、首を傾げた。

すると彼女は微笑んで、付け足してくれる。

『ほら。ラファエル、とっても過保護じゃない。最初は本当に慣れていないからわたくしに案内させているのだと思っていたけれど……もう二年目でしょう？　化粧室にも一人で行けないなんて、わたくしだったら窮屈に思うから、心配で』

『ああ……』

確かに普通だったらそう思うのかもしれない、と初めて気付いた。

『いえ、大丈夫です。ラファエルがわたしを気遣ってくれてこうなっているので……というか、すみません。御迷惑ですよね』

『いいえ、わたくしは大丈夫よ。このくらいの歳になると、あなたみたいに若い人と話す機会も少ないしね』

『そ、そんな……』

慌てて首を振るが、どう返せばいいのか分からない。

焦っていると、カロリーヌ様が茶目っ気たっぷりにウインクしてくれたので、肩の力が抜けた。

そして、ついぽろりと零してしまう。

『その、デビュタントの時に、いじわるなことを言われてしまったんです』

『まあ』

楽しくない話をしてしまったと後悔したが、痛ましそうに眉を寄せて聞く姿勢になってくれたカロリーヌ様に、そのまま話を続けた。ずっと、誰かに吐き出したかったのかもしれない。

『ラファエルが飲み物を取りに行っている間に……ある令嬢に、子どもみたいって……』

『きっと、妬まれてしまったのね。ラファエルは人気だから』

『やっぱり、そうですよね……』

そう答えてから、これだけでは言葉足らずで、すごく性格が悪く聞こえてしまうなと気付いた。

『わ、分かっているんです。その、同じ歳の人たちと比べても幼い見た目だし、ラファエルには釣り合わないって。カロリーヌ様みたいに素敵な女性だったら、そうやって言われることもなかったんでしょうけれど……』

するとカロリーヌ様が黙り込んだので、何か変なことを言ってしまったかと、慌てて顔を上げた。

すると彼女は笑って、わたしの背中をぽんっと優しく叩く。

『そんなことないわ。あなたはとても可愛らしいし……ああ、これは子どもっぽいとかじゃなくて、良い意味よ？　それになによりも、ラファエルと結婚したのはあなただし、こんなに大事にされているじゃない。だから自信を持っていいのよ。そんな言葉は気にしないで、胸を張ればいいの』

そう言われて、背筋が伸びるようだった。

『は、はい。ありがとうございます』

カロリーヌ様はにこにこと笑って、見守ってくれているようだった。

姉がいたらこんな感じなのかなと思って、頬が赤くなる。

『そうだ。今度、お茶会にいらっしゃいな。わたくしがいない夜会に出席することもあるでしょうし、そうしたら、こういう時に困るでしょう？　他に仲の良い人を作っておいた方がいいわ。わたくしが良さそうな人を集めてあげる』

『え、あっ……ありがとうございます。ラファエルが良いと言ったら、是非』

『ふふ。良いお返事を待っているわ』

家に帰ってからこのことをラファエルに話すと、いいよと笑って頷いてくれた。

『カロリーヌがいるなら大丈夫だと思うけれど、何かあったらわたしに言うんだよ。楽しんでおいで』

そう言って少し心配されながら送り出されたお茶会は、とても楽しかった。

王都で流行っているというお菓子と一緒に紅茶をいただいて、わたしよりもカロリーヌ様と歳が近いお姉様方のお話に混ぜていただく。

優しい人たちばかりだったのでその後も何回か参加させてもらったのだが、たまに困ることがあった。

『ねえ、ブリジットちゃんのところはどう？』

『どうって……新婚なんだから、聞くまでもないでしょう？』

閨の話だ。

参加している方々は結婚してから何年か経った方が多いからか、時折、赤裸々にそういう話をされるのだ。

期待する視線がわたしに集まって、どうしようかとても困った。

わたしたちは、未だにそういうことをしていないのだ。

これはわたし一人だけの話ではなくラファエルにも関係することだから、勝手に話してしまうのは良くないと思う。でも隠そうにも、嘘を言うのも良くない。

困っていると、カロリーヌ様が手を叩いた。

『ほらほら。あまりいじめると、ラファエルに怒られるわよ？』

みんなの視線が離れていったので、ほっと息をつく。

そしてまた始まる、お姉様方の刺激的な話に顔を赤くしながら考え込む。

ラファエルはわたしの身体の負担のことを考えてまだしないと言っていたけれど……ならば、いつになったらするのだろうか。


その日の晩、寝室のベッドに入って、ラファエルに聞いてみた。

『あのね、ラファエル……その、わたしのことを想ってくれているのは、嬉しいんだけど……いつになったら、するのかな？』

前々から気になっていたことではあった。

シュヴァリエ伯爵家には、わたし以外に直系の子どもがいない。

なので、できればわたしに何人か産んでもらって、そのうちの一人を養子に取りたい、という話が家を出る時にあったのだ。

ラファエルが眉尻を下げる。

『どうしたの？　突然。もしかして、誰かに何か言われた？』

『えっと、できれば早めに、両親を安心させてあげられたらいいな、とか……』

『ブリジット』

わたしを呼んだ声になんだか圧を感じて、びくりと肩が跳ねた。

真面目な話だから、たまたまそうなってしまっただけかもしれない。

おずおずとラファエルを見上げると、いつもみたいに優しく微笑んでいた。安心して力が抜ける。

『君が御両親を気遣う気持ちも分かるけれど、わたしはあくまで、目の前の君を大事にしたいんだ。だから、焦らなくて良い』

『うん……』

大切にされているという嬉しい気持ちと、それでもまだ抱いてはくれないことへの不安な気持ちが胸で渦巻いた。

カロリーヌ様たちとのお茶会で聞くお話や物語で描かれる男女を思い返すと、男性は、愛する女性と繋がりたいと思うものだと認識するようになった。それに、男性はそういう欲が強いということも知った。

ラファエルの相手になれるのは、妻であるわたししかいない。

けれどこの一年間まったくそういうことはしなかったし、これからも、しばらくはしないつもりなのだろう。

彼はそういう欲を我慢してくれるほどわたしを愛してくれている、とも思えるし……やっぱり、そこまでわたしは求められていないのでは、とも思ってしまう。

『あの……ラファエルは、それでも大丈夫なの？』

怖かったが、思い切って聞いてみた。これ以上、不安でもやもやしたくなかったのだ。

ラファエルは目を見開くと、ふふ、と笑う。

『もちろんだよ。愛するブリジットのためだからね』

『うん……』

頷くと、ラファエルはわたしの額にキスをして、ぎゅっと抱き締めてきた。

腕の力が強くて、少し苦しいくらいだ。

『そんなことを聞くなんて、いつの間にわたしのお姫様はそんな物知りになったんだい？』

『え、あ……わ、わたしだって、もう成人してるわけで……』

『そうだね』

ラファエルの腕の力がより強くなった。

息がしづらくなったが、どうしてか縋られているように感じて、我慢する。

『そういうこと、したくなったの？』

『え、あ……えっと……』

色々と知ったものの、結婚した時と同じで、わたし自身にはしたいという強い想いはなかった。

怖い気持ちもあるし、ラファエルの厚意を無下にしたくはない。

『そういう、わけじゃ……』

首を振ると、ラファエルはほっと息をついた。

なんだか、結婚した日の夜もこんな会話をしたような気がする。

『ごめんね。また不安にさせちゃったんだね』

『あ、ち、違うの。ラファエルのせいじゃなくて……』

『ううん。わたしのせいだよ。ブリジットにわたしを信じさせることができなかった、わたしの責任だ』

そう言うとラファエルは額同士をくっつけて、低い声で囁いた。

『ブリジット。色んな人の言葉や考え方があるかもしれないけれど、誰が何と言おうと、わたしは真摯《しんし》に、これ以上ないくらいに君を愛しているよ。だから、他の有象無象のことは気にしなくて良いんだ』

強い言葉に驚く。でもだからこそ、ラファエルの気持ちが伝わってきた気がした。

◇　◇　◇

だからわたしは、まだ身体を気遣って抱かないということこそが、彼の愛情なのだと思っていた。

もちろん、一人でもやもやと考えて不安になることもあった。

それでもラファエルを困らせたくなかったから、彼の言葉を思い出して、信じようとしていたのだ。

世の中の普通とか、他の夫婦の関係とかではなく、目の前の好きな人を信じるべきだと思ったから。

どこか違和感を覚えながらも、夫を信じようとして——その結果が目の前の、夫と、他の女性が絡み合う光景だった。

第二章　裏切っていた夫

『満月』の小屋の一室に、わたしの呼吸の音が響いた。

「ブリジット……違うんだ、これは……」

ラファエルがベッドを下りて近づいてくる。

ついさっきまでカロリーヌ様を抱いていた彼は全裸で、今まで見たことのない性器が視界に入った。

「ひっ」

悲鳴を上げて顔を背けると、立ち止まる。そして、ごそごそとシーツを身体に巻き始めた。

その姿は滑稽なはずなのに、ちっとも笑えない。

まだベッドの上にいるカロリーヌ様の様子を窺うとニヤニヤと笑っていて、この状況を唯一楽しんでいるようだった。

わたしの中では様々な感情が湧いて、怒ればいいのか、泣けばいいのかも分からなかった。

身体を動かそうとしても、つま先がぴくりと跳ねただけで終わる。

シーツを腰に巻いたラファエルが、わたしの前にしゃがみこんだ。

「ブリジット。君は純粋だから、信じられないかもしれないけれど……これは、ただの排泄行為だ」

その音は確かに鼓膜を通って脳に届いたが、意味はまったく分からなかった。

背けていた顔を戻してラファエルを見つめると、彼はいたって真剣な顔と眼差しで、わたしを見つめている。

「君には分からないだろうが……人間には性欲があって、それを発散しなければならないんだ。それを愛情表現という人もいるが、そんなのはまやかしだ。ブリジットは良い子だし、そんな綺麗事が溢れる世の中にいるから理解しがたいかもしれないけれど……そんなものじゃない。性欲を満たすことはただトイレに行くことと何ら変わらない。わたしが愛しているのは君だけだよ。ただ、理解してもらえないと思ったから隠していただけで、なにもやましいことはしていないんだ」

「…………」

正直、ラファエルが言っていることの一割も理解できていなかったと思う。言葉は分かるものの、意味は分からない。

不貞をしたことに対する言い訳に聞こえるが、やけに真剣な顔と声色をしているので、本気で言っているような気もする。

だからといって、はいそうですかとはならないけれど、詭弁だと切り捨てることもできなかった。

あまりの状況に混乱しているから、その意味を飲み込めないだけなのだろうか。

戸惑っていると、カロリーヌ様が近づいてきた。彼女も裸体を晒しているが、そんなことはもう気にならなかった。

「騙されちゃだめよ、ブリジット。この人は色々言い訳をしているけれど、あなたを裏切って、他の女を抱いていたことに変わりはないの」

「え、あ……」

「カロリーヌ！」

パアンッ！

ラファエルが勢いよく立ち上がったかと思うと、乾いた音が響いた。

カロリーヌ様の頬を叩いたのだ。

彼女はその衝撃を受けて倒れ込んで、頬を押さえる。

ハア、ハア、とラファエルの荒い呼吸が響く。

その顔は頭に血が上り真っ赤になっていて、今まで見たことのない、獣のような形相をしていた。

ラファエルじゃないみたいだ。

「いい？　しかもね、わたくしだけではないのよ。あなたとの婚約中も、結婚してからも、色んな人を抱いていた」

「黙れ！」

ラファエルはカロリーヌ様に馬乗りになると、彼女の首を絞めた。

大きな手が、細い首の中を通る気道と血管を潰す。

カロリーヌ様の顔がどんどん赤くなっていった。

「ぁっ……がっ……」

わけが分からないが、このままだと彼女が死んでしまうことだけは分かった。

人が死ぬかもしれないという恐怖に、やっと身体が動く。

慌てて駆け寄り、ラファエルに縋り付いて声を上げた。

「や、やめて！　死んじゃう！」

「いいだろう、こんな雌《やつ》！　俺のブリジットを唆《そそのか》そうとしやがって！　信じてたのに！　裏切り者が！」

ラファエルの手に力がこもる。

その腕に爪を食い込ませていたカロリーヌ様の指から、力が抜けていった。

わたしはパニックになって、とにかく叫んだ。

「や、やだ!!　やめて!!　ひ、人が死ぬところなんて、見たくないよ!!」

それは考える間も無く口から出た、本心だった。

カロリーヌ様が何をしていたとか、関係ない。

相手がわたしにいじわるした令嬢でも、どんなに嫌いな人でも、止めに入っただろう。

人を殺すなんて、絶対にいけないことだ。そんなこと、起きて欲しくない。

ラファエルははっとしたような顔をして、その手を緩めた。

「う、ぐっ……ごほっ、ごほっ……」

カロリーヌ様は勢いよく息を吸い込んで、苦しそうに咳をした。涙も鼻水も垂れ、髪もボサボサで、いつもの美しさはそこにない。

「ラ、ラファエル、離れて……！」

もしまたカロリーヌ様に何かしたらと思うと怖くて、腕を引っ張って彼女の上から退かす。

ふらふらと手を引かれるがまま離れたラファエルは、わたしを抱き締めた。

ビクッと身体が跳ねる。

けれどよく知る体温と香りに包まれて、次第に肩の力が抜けていった。

そんな自分に気付いて、戸惑う。

ラファエルはあんなことをしたのに、彼に抱き締められて、安心している？

自分が信じられなくて、視線が泳いだ。

「そうだね。ごめんね、ブリジット。君の前で……。頭に血が上ってしまったんだ」

そう話すラファエルの声色はいつもと同じで、先程までの怒気はまったく感じられなかった。

視界の端に、カロリーヌ様が這うように部屋を出ようとする姿が映る。

ラファエルも気付いたのか離れようとしたので、彼の背に腕を回して、必死に抱きついた。

また手を上げさせないためなのか、ただそばにいて欲しかったのか。自分でも分からない。

何にせよ、ラファエルはわたしを抱き締めたままこの場に留まってくれたので、ひとまずほっとする。

その間に、カロリーヌ様は逃げていった。

色々なことがありすぎて、分からないことだらけだった。ろくに頭も働かない。

ただひとつ言えることは、わたしたちはもうここに来る前までの仲睦まじい夫婦ではいられないだろう、ということだ。

「……帰ろうか」

しばらくすると、ラファエルがぽつりと言った。

その言葉を受けて、少し悩む。

ここにいたくはないが、このまま何もはっきりさせずに帰って良いのだろうか。

ここに来てからのことを思い返して……そうだ、彼は女性に手を上げて、首を絞めて殺す寸前までいったのだった。

今のところわたしにはいつもどおりだけれど、それも先程の取り乱しようを考えると、この先どうなるか分からない。

話し合うにしても、誰か助けてくれる人がいる場所の方が良いだろうか。

「……そうね」

「服を着るから、隣の部屋で待っててくれるかい？」

「……うん」

頷いて、玄関口のある部屋に戻った。

ソファに座る気にもなれなくて、玄関のそばに立って考え込む。

ラファエルとカロリーヌ様の関係。どうしてカロリーヌ様はわたしをここに招いたのか。カロリーヌ様の言っていた言葉の真偽。ラファエルの言い訳。わたしを抱かなかった理由。彼が人を殺しかけたこと。

ひとつひとつ解決しなければいけないことを思い浮かべて、その多さに眩暈《めまい》がしそうだった。

現実逃避にカロリーヌ様はどうやって帰ったのだろうと考えて、別の部屋の扉が開けっぱなしになっていることに気付く。そこに、何かしら着るものでも置いてあったのだろうか。

「もう少し待っててね」

ベッドがあった部屋から出て来たラファエルは、ちゃんと服を着ていた。

そして開けっ放しになっていた別の部屋に入って、外套を持って来る。見たところフードがついているので、あれで顔が見えないようにして出入りしていたのだろう。

けれどもう顔を隠す必要がないからか、腕にかけたまま玄関の扉を開けた。

「お待たせ、帰ろう」

「……うん」

わたしは頷いて、差し出された手を掴んだ。

「空が綺麗だね」

小屋を出て外を歩いていると、ラファエルが言った。

上を見ると、雲ひとつない空に、輝く満月ときらきらと瞬くたくさんの星が見える。

「ブリジットと見る空は、いつだって綺麗だ」

まるで、デート中の言葉みたいだ。

なんだか切なくなって、涙が出そうになった。

慌てて目線を前に戻して、涙を堪える。

『満月』を出て街中を歩いていると、いつもは気にならないようなことが気になった。

店や家から漏れる明かりや、デート帰りなのか手を繋いで歩く男女。酔っ払って歩く男性の集団。

あんなことがあったけれど世界は問題なく回っていて、人々は楽しそうに人生を謳歌している。

何なら他の人からすると、わたしたちも普通のカップルに見えているのかもしれない。

それでも、彼らには照明が当てられていて、わたしたちの周りだけが暗いような、そんな疎外感を感じていた。

「気を付けてね」

道に段差があって、ラファエルはそう声をかけてきた。

見上げるといつもどおりの優しい笑みを浮かべていて、わたしは、彼からも取り残されたような気持ちになった。

妻に不貞がばれたというのに、どうしてこんなにも、普段と様子が変わらないのだろう。

もしかして、こんなに思い悩んでいるわたしの方がおかしいのだろうか。

そんなことを考えていると、足元がふらついてしまった。

すかさずラファエルに手を引かれて、抱き止められる。

わたしの右手が、ラファエルに強く握られていた。

少し前にこの手が掴んでいたのは人の首だったことを思い出して、身を震わせる。

「遅くなっちゃったから寒いね。ごめん」

ラファエルは勘違いをしたようで、持っていた外套をわたしにかけた。

彼の香りに包まれて、カロリーヌ様や他の女性も、ベッドの上でこの香りを味わっていたのだと考えて身体が重くなる。

ラファエルに促されて、また二人で歩き出した。

彼はカロリーヌ様を抱いた手で彼女を殺そうとしたけれど、それはどうしてなのだろう。

わたしだったら、好きな人としか、男女の関係になるなんて考えられない。

だからラファエルも少なからず、彼女に好意があったのではないかと思う。

でも、殺そうとした。

ついカッとなって？　明確な殺意があったわけではなく、衝動的に手が出てしまうこともあるかもしれない。それでも、首を絞めるなんてやりすぎだ。

わたしの知るラファエルは理知的で、優しくて。

あんなことをする人だなんてまったく思っていなかった。

でも確かに目の前で起こったことなのだから、彼はわたしが思うような人ではなかったのだ。

彼は妻以外の女性《じょせい》を抱くような男だったし、感情的に人を殺めようとする人だった。

あの時、何かを喚いていたし、不貞の言い訳もしていたが、何も覚えていない。

とにかく、意味が分からなかったという記憶だけが残っている。

落ち着いて話せば、分かるのだろうか。

わたしの手を引いて、少しだけ前を歩くラファエルを見る。

こういう時、普通はどうするのだろう。

ラファエルに言われるがまま家に向かっているけれど、これは、おかしいのだろうか。

ほとんどの人はとっくに彼を拒絶して、一人で帰るのだろうか。

彼が暴力を振るったのをこの目で見たのだから、そうするべきな気もする。

でも、わたしが逃げようとすれば、彼を刺激することになるかもしれない。

目の前の彼はいつもどおりで、あの場でさえ、わたしの言葉には耳を傾けてくれていた。

だから何かするよりも、このままの方が危険なことはないような気もする。

それともわたしが気にしすぎで、いつものように彼に甘えるものなのだろうか。

帰ったあとは、彼の話を理解しようとするべき？　それとも、離婚に向けて動くべき？

今まで、流されるままに人生を送ってきた。

産まれた時から嫁ぎ先が決まっていて、そのために生きているだけだったのだ。

これからも普通に、彼と幸せな結婚生活を送るものだと思っていた。

だけれどそれが壊されて……目の前に通されていた道が、ぷつんと途切れたようだった。

どこを目指して、どうやって歩んで行けば良いのか分からない。

彼に手を引かれている今、わたしはどこに向かっているのだろう。

エルランジェ邸に帰ると、侍従たちに迎えられた。今夜、ラファエルは仕事で戻らないはずだったからか、少し慌てた様子に見える。

ラファエルはわたしの肩にかけられていた外套をそっと外して、侍従に渡した。

「予定が変わって帰って来られることになったんだ。父上に伝えておいてくれ。わたしは食べてきたので食事はいらないが……ブリジットは？」

「わ、わたしも大丈夫です」

食べ物が喉を通る気がしなかったので、首を振った。

「だそうだ。わたしと彼女の湯浴みの準備を頼む」

支度に向かう侍従たちを背に、ラファエルに肩を抱かれて自室へと歩いた。

何があったのか聞かれないかとビクビクしていたので、無事に切り抜けられたことにほっとする。

普通に考えるとただの侍従の彼らが詮索してくるようなことはないのだが、何かあったことを見透かされたらどうしようかと、とにかく落ち着かなかった。

わたしの部屋の前まで来て、立ち止まる。

「じゃあ、お風呂が終わったら寝室で話そう。一人で大丈夫？」

「……うん」

わたしが頷くと、ラファエルは「じゃあまたね」と言って廊下を歩いて行った。

そういえば、ラファエルはカロリーヌ様と身体を重ねてそのままだった。

そんな彼と密着していたことに気付いて、何かを振り払うように服を叩く。

部屋に入って一人になると、やっと息ができたような気がした。

今まで息苦しかったわけではないが、肺が目一杯に広がる感覚がして、無意識に浅い呼吸になっていたことを自覚する。

鏡を見ると、つい先程まで雪山にでもいたかのように顔が真っ白だった。

ただそれ以外はいつもどおりで、何事もなかったかのようだ。

カロリーヌ様ほどではないにせよ身なりがめちゃくちゃになっているような感覚だったので、拍子抜けする。

「ブリジット様、湯浴みのご支度ができました」

「……あ、ありがとう」

何も言わなければ、わたしはいつもどおりのはずだ。

できるだけ普段の振る舞いを意識して浴室に行き、侍女に手伝ってもらいながら入浴を済ませた。

お湯で温まって、少しだけ落ち着いた気がする。

それでもいつものネグリジェを出されると、とてもそれを着る気にはなれなかった。

肌寒いと言って、しっかりとした生地のナイトドレスにしてもらう。

正直、寝室に行きたくない。

今日の出来事の全貌を知りたいという気持ちと、このまま何もなかったことにして忘れたい気持ちがせめぎ合う。

でも実際は、忘れられるわけがない。

いっそ、ここから逃げてしまおうか。

一瞬そう思ったが、一人で家を出て行ったところで生活していけないし、家族にも心配をかけて、結局見つかって連れ戻されるだけだ。

重い足取りで寝室に向かい、中に入る。

「ブリジット。おいで」

ラファエルはすでに中にいて、ベッドから立ち上がると腕を広げた。

そこに近づいて行って――ラファエルとベッドという組み合わせを見て、カロリーヌ様と絡み合っていた光景がフラッシュバックする。

気付けば、足が止まっていた。

言われたとおりに動かないわたしに怒っているのではないかと怖くなって、ラファエルの様子を窺う。

彼は眉尻を下げて困ったような顔をして、わたしのそばまで来た。

「あっちにしようか」

その声色は昔、わがままを言ったわたしを宥めてくれた時に似ていた。

ソファへと促されて、大人しくついて行く。

並んで座ると、両手を優しく握られる。

温かく包んでくれる人肌に、どう反応すれば良いのか分からなかった。

「一体、どうしたの?」

そうラファエルに聞かれて、わたしは一瞬、思考が止まった。

どうしたの?　とは……どういうことだろう。

それは普段、わたしの調子が悪かったり、落ち込んでいたりする時にかけてもらっていた言葉だ。

何かあったようだけれど、それはなに？　大丈夫？　と。

彼はわたしの様子がおかしいことが分かっていて……でもそれがどうしてなのか、分からないのだろうか？　そんなこと、あるだろうか？　あんなことがあったのに？

いつもと違うのは当たり前で、彼は当事者だったのだから、その理由が分かるだろうに。

ラファエルの顔は、本当に心配そうな表情をしてわたしを見つめていた。

そこに何かを誤魔化しているような雰囲気は感じられない。

いつもどおりのラファエルを目の前にして、わたしの方がおかしい気がしてきて、焦ってしまう。

だって今までやましいことをしていて、それがばれた人が、こんなに堂々としていられるだろうか。

もしかしてわたしが世間知らずなだけで、大人はああいうことをするのが当たり前なのだろうか？

そういえば、あの場で彼は、人間とはこんなものだ、みたいなことを言っていた気がする。

わたしは友達もベルナールくらいしかいないし、深いお話をしたのも、カロリーヌ様のお茶会で知り合ったお姉様たちくらいしかいない。

だから、自分が世間知らずの自覚はあった。

対してラファエルは、わたしより八つも歳上で、自分のお仕事もしていて、人脈も広い。

当然、わたしよりも色々なことを知っている。

では、彼の言うことが正しいのだろうか？

でも普通、閨を共にするのは伴侶だけだし、人に手を上げるのもいけないことだ。

そう思うし、そう聞かされて生きてきた。

けれど今までわたしが聞いてきたそれは建前で、本当は、ありふれていることだったのだろうか？

建前と本音や実情が違うことは、世の中に溢れている。

「あのね……」

「うん」

何か言おうと思うのに、言葉が出てこない。

なんでもない、大丈夫。とでも言えばこの重苦しい時間も終わって、いつもどおりの日常に戻れるのではないか、という考えが浮かぶ。

そんな幻想に逃げたくなるが、そうしたところで、今までどおりにできる気がしない。

だとしても、何から聞けば良い？　どうしてカロリーヌ様を抱いていたの？　カロリーヌ様が言ったことは本当？　あの時、本当にカロリーヌ様を殺そうとしたの？

首を絞められて苦しむカロリーヌ様と、その腕の先のラファエルの顔を鮮明に思い出して、ごくんと唾を飲み込んだ。

下手なことを言ったら、今度は、わたしの番かもしれない。

悲鳴や大きな物音を立てればこの館にいる誰かが気付くだろうから、最悪のことにはならないはずだ。でも、怖いことに変わりはない。

「……ずっと、何かに怯えているね」

ラファエルはそう言って、わたしを抱き締めた。

身体に触れられた一瞬、恐怖に固まったが、しばらく抱かれていると力が抜けていく。

「カロリーヌが死ぬかもしれないって、そんなに怖かった？」

ひゅ、と喉が鳴った。どうしようか悩んで、僅かに頷く。

「そう。ブリジットは優しいからね。わたしたちの仲を邪魔しようとした雌《やつ》のことなんて、どうだっていいのに」

前半と後半の声色の違いに、冷や汗が出る。

いつものように優しい声から一転、吐き捨てるような冷たい声は、今まで聞いたことのないものだった。

「あいつが、ブリジットをあの場に呼び寄せたんだろう？」

「うん……」

頷くと、チッと舌打ちをされた。

そしてすぐにわたしが怯えていることに気付いたのか、「ああ、ごめんね」と頭を撫でられる。

それに、わたしはほっとしてしまった。

つい先程までは平然としている彼に戸惑っていたのに、今は、とにかくわたしに怒りを向けられていないことに安心する。

「でもね、ブリジット。いくら君が良い子とはいえ、あんな奴にまで優しくしなくていいんだよ。わたしたちを引き裂こうとした悪い奴なんだからね」

そう言い聞かせるように話すラファエルに、わたしはまた先程のような感覚になった。

彼の言葉に違和感を覚えている自分の方がおかしいような、そんな感覚。

確かにカロリーヌ様がわたしをあの場所に呼び寄せなければ、ラファエルが裏でしていたことを知らずに、仲睦まじい夫婦でいられただろう。

でもそもそも、彼が不貞をしていたのが悪いわけで。

当事者の彼に、カロリーヌ様をそこまで言う資格があるのだろうか。

「でも、それが君の良いところだから、しょうがないか。怖がらせてごめんね、ブリジット」

それでもそう言ってわたしを抱き締める彼は、わたしがずっと大好きだった、憧れの彼そのままで。

「ううん……」

気付けば、彼の胸に頭を預けていた。

いつも、抱き締められればそうして甘えていたからだ。

だからこれは、条件反射のようなもので……そして、安心してしまった。

「もう、あんなことはしないよ」

「うん……。人が死んじゃうかもしれないのも嫌だし、ラファエルがそういうことしちゃったら、大変なことになるでしょう？　そうなって欲しくないの」

安堵したからか、本能的にこれなら怒られないと分かったからか、するりと口から出ていた。

「分かった。絶対にそんなことはしないよ。わたしのことも想ってくれてありがとう、ブリジット」

ラファエルはさらに強くわたしを抱き締めたあと、身体を離して、顔を近づけてきた。

キスをするつもりなのだとすぐに分かって――カロリーヌ様と唇を深く合わせていた姿を思い出す。

そして、咄嗟に顔を背けてしまった。

ラファエルが唖然とした顔をしているのが、視界の端に映る。

「ご、ごめんなさい……。あの……やっぱり、わたし……えっと……」

震えながら謝る。ぽろぽろと涙が零れた。

ラファエルに怒られるかもしれないと思うと怖かったし、彼が他の女性を抱いていたということが、やるせなくてしょうがない。

「いいんだよ、ブリジット」

そう寂しそうに微笑んだラファエルを見て、胸が締め付けられた。

それは、初めて見た表情だった。咄嗟に、そんな顔をさせてしまったことに罪悪感を覚える。

キスくらい我慢できただろうと後悔して――そう思った自分にびっくりした。

「やっぱり、こんな汚いわたしは、嫌かな」

はっと息を呑む。

面と向かって聞かれて、はいそうですなんて言えない。

それに考えてみると、わたしはラファエルを汚いとも、嫌だとも思っていなかった。

彼がわたしを裏切っていたことは悲しいし、どうして？　と思う。

他の人に愛を囁いて抱いていたと思うと苦しくて、もう今までみたいに心の底から笑えそうにない。

怖いし、失望したし、大好きとは言えない。

でも……嫌いだとも、言えない。

こんな複雑な気持ちになったのは初めてで、それをどう解《ほど》いていけば良いのか分からない。

ただ、もう怖い顔はしないで欲しい。

前みたいにわたしが好きでしょうがないって顔で笑って欲しいし、傷ついた顔もしないで欲しい。

そう思ったのは確かだった。

力なく首を振ると、ラファエルはほっと息をつく。

「よかった。ブリジットに嫌われたら、わたしは生きていけないよ」

その言葉は本当なのだろうか。本当であって欲しい。

「なんで……他の人と、ああいうことしたの？」

怖くなったわけではないけれど、自然と身体を預けていた。

彼はわたしにひどいことをしないというのを、肌で感じ取っていたのかもしれない。

ラファエルは大きな手で、わたしの背中を何度も撫でた。

「やっぱり、ブリジットには難しかったね」

その声は怒ったり呆れたりするどころか、嬉しそうに聞こえた。

身体を離して、落ち着いた声で話し始める。

「セックスは愛情表現だとか、愛する人とのみに許された行為だとか言われているけれどね。世の中、まったくそんなことはないんだ」

そこまで言うと、眉の寄ったわたしの顔を見て苦笑する。

「みんな、セックスしたいって気持ちがあるんだ。それを満たすために恋人を作ったり、結婚したりする人もいるし、色んな人とする人もいる。誰だって、程度の差はあれどそうなんだ。それが普通」

きっとラファエルは噛み砕いて説明しているのだろうが、早速飲み込めなかった。

言葉の意味は分かるが、そうなんだ、とはとても思えない。

そんな人を見たことがないし、わたし自身も、そういうことをしたいって思わないから。

「ふふ、分からないって顔をしているね。かわいい」

ラファエルは笑って、親指でわたしの頬を撫でた。

いつの間にか、涙が止まっていたことに気付く。

「でも、ブリジットは分からなくてもしょうがないし、分からなくて良いと思う。君はそういう雌《ひと》じゃない、特別な子だから」

どくん、と心臓が跳ねた。

「とくべつ……」

「うん、特別」

ラファエルは両手でわたしの頬を包むと、はあ、とどこか恍惚として息を吐いた。

「こんなに純粋で綺麗な子、君しかいない」

真っ直ぐな瞳に射貫かれて、心臓がどくどくと暴れ出す。

「みんな、好きだのなんだの綺麗事を言いながら、肉欲を孕んだ汚い目をしているんだ」

目を伏せてそう言うラファエルを見て、睫毛が長いなとか、場違いなことを思った。

そして顔を上げた彼と目が合って、カッと顔が熱くなる。

その瞳には今まで見たことのない熱が篭っていて、なにかに焦がれているようだった。

「でもブリジット、君は違う。大人になっても澄んだ瞳をして、純粋な好意をわたしに向けてくれる。そんな君がとても愛おしくて、大切にしたくて……。汚したくなかったんだ。こんな爛《ただ》れた現実も、知ってほしくなかった」

その顔に、言葉に、声色に、空気に。ラファエルがどれだけわたしを想ってくれているのかが溢れていて、肌がびりびりと痺れた。

何があってもわたしに優しいのは、それだけわたしが特別で、大好きだから。

わたしを抱かなかったのも、わたしに魅力がなかったわけじゃなくて、わたしのことが特別に好きだったから。

やっと分かった。

身体も心も重かったのに、嘘のように軽くなっていく。

身体の中で嬉しさを吹き込まれた風船がぷくぷくと膨らんで、そのまま浮き上がっていくようだった。

「でもわたしは、君とは違って普通の男なんだ。だから、そういうことをしたい欲があって……でも、君をそんな汚い欲で穢したくなかった。君とは違う、こんな男だというのを知られたくなかった」

「ラファエル……」

「本当は、君に相応しい男じゃなかったんだ。ごめん」

一転、悲しそうな顔をしたラファエルに、胸が締め付けられた。

小さい頃、絵本を読んでくれたこと。

わたしのわがままに、しょうがないなあと笑いながら付き合ってくれたこと。

ベルナールと喧嘩すると、絶対にわたしの味方になってくれたこと。

一緒にお出掛けをして、ご飯や観劇を楽しんだこと。

結婚式でのかっこいい姿や、わたしを見つめる蕩《とろ》けた瞳。

夜会ではいじわるな人に絡まれないように、ずっと一緒にいてくれたこと。

今までの思い出が蘇って、咄嗟に抱き着いた。

そしてそっと、頭を撫でる。

「そんなことないよ、ラファエル。だってラファエルは、とっても素敵で、優しくて……わたしを大事にしてくれたもの。ラファエルのことがずっと好きだったし、結婚してからも幸せで……」

言いながら、思い出してしまった。

結婚した夜、わたしはラファエルとそういうことをする想像をして、ドキドキしていたのだ。

彼の髪を撫でていた手が止まる。

どうしよう。

ラファエルはわたしのことを特別だ、綺麗だって言ってくれたけれど、全然そんなことない。

わたしだって、汚いことを考えていた。

「ありがとう、ブリジット。こんなわたしを許してくれて」

ラファエルが頭を擦り寄せてきた。

慌てて、後ろめたい気持ちを誤魔化すように手を動かす。

わたしはラファエルが言うような、天使みたいな子じゃない。

でもそれを言ったら、嫌われてしまうかもしれない。そしたら——

カロリーヌ様をぶったり、首を絞めたりしていた姿を思い出して、震えた。

わたしが汚いことを知られたら、今みたいに大事にしてくれなくなるかもしれない。

そんなのは嫌だ。

ラファエルには、ずっとわたしを好きでいて欲しい。今までみたいに、ラファエルの特別でいたい。

「許すも何も……ラファエルは、汚くなんてないもの」

きっとこの時、わたしは何かを見落としていたし、薄々それを感じていた。

けれど、目の前のラファエルのことで頭がいっぱいだった。

僅かにあった違和感は、わたしの汚い部分を隠す罪悪感と一緒に、心の奥底で、見えないように覆い隠されてしまっていた。

ラファエルはわたしを見つめると、眩しいものでも見ているように目を細める。

「ありがとう。わたしのかわいいブリジット」


翌日。窓から差し込む日差しと、温かい声を感じて瞼を開けた。

「おはよう、ブリジット」

朝日に照らされたラファエルが、優しく肩を揺らす。

輝くような微笑みを見て、感嘆の息が零れた。

「おはよう、ラファエル」

結局あのあとベッドまで連れて行かれて、頭を撫でられているうちに眠っていた。

変に目が冴えている感じだったのにいつの間にかぐっすり寝ていたから、それだけ疲れていたのだろう。

起き上がって、それぞれの部屋に行って着替えて、みんなでご飯を食べる。

それから、今日は舞踏会があるので侍女とその準備をして――

アクセサリーを選んでいた手が止まる。

いや、やっぱりおかしい……よね？

普通に過ごしていたけれど、よくよく考えると、昨日のことはおかしいと思う。

昨晩は雰囲気に流されてしまったというか、ラファエルがあまりにもわたしを褒めるから舞い上がってしまったというか。

あんな場面を見た動揺もあって、頭が働いていなかったのだろう。

冷静になった今考えると、何も解決していない。

でも、ラファエルが嘘を言っているようには思えなかった。

少なくとも、わたしを好きなのは本当だし……きっと、不貞をした理由も真実なのだろう。

それにわたしも、今考えてみても、ラファエルのことを嫌いだとは思えなかった。

もちろん、以前のように何の混じり気もなく、真っ直ぐに大好きだとは言えない。

あの一晩の出来事は衝撃的だった。

それでも、ずっとラファエルに抱いていた想いや、今までに彼と積み上げてきたものが、全て崩れたわけではない。

ラファエルのやったことは許せないし、怖い気持ちもある。

でも、彼と離れようとは思わなかった。

それは離婚が一般的ではないという現実的な問題もあるし、なんの歩み寄りもせずに別れるのは、わたしの感情が追い付かない。

彼のことが好きで、だからこそ苦しい。

ラファエルの言い分は、わたしは性欲がない綺麗な女の子で、そういうことに付き合わせるのは悪いから、ずっと我慢していた。そして代わりに、他の女性で欲を発散していた。昨日言っていたことをまとめると、そういうことだったと思う。

納得できるかどうかは別として、本当にそう思っていたのならば、行動の筋は通っている……と思う。

問題は、わたしに相談したり一人で我慢をしたりしないで、他の女性としていた、という点だ。

そういう現実すらわたしに知ってほしくない、とは言っていたけれど……

「ブリジット様？　どうかされましたか？」

「え、あっ……ごめんなさい。えっと、これにするわ」

つい考え込んでしまったが、今は舞踏会の支度をしている途中だった。

心配そうな侍女の視線を受けて、慌てて無難なイヤリングを選ぶ。

それから今日着ていくドレスも決めて、衣装室から出て行った。

あとは彼女たちが準備してくれるので、夕方までは自由な時間になる。

あまり思考が暗くならないように、庭に出てベンチに座った。

目線がどうしても下に落ちていって、庭師が整えてくれた綺麗な花壇は視界に入らない。

考えれば考えるほど、よく分からなくなってくる。昨日もあった感覚だ。

わたしの思っていた常識と、世の中の常識は違うのではないか、という不安。

ラファエルの言っていることは一応筋が通っているが、なんというか、重大な前提条件が違うような気がしていた。

人は愛に溢れているとか、どんな理由があっても伴侶を裏切ってはならないとか。

そういうわたしが思う当たり前を、ラファエルは当たり前と思っていない気がする。

それに違和感を覚えるものの、わたしとラファエルのどちらの方が頭が良くて世間のことを知っているかといえば、それはラファエルなわけで。

ならば、わたしの感情よりもラファエルの方が正しいのでは？　と思うけれど、納得はできない。

なんとももやもやとした気持ちになる。

顔を上げて花壇の花々を見れば、いつもと変わらず、光を浴びて美しく咲き誇っていた。

昨晩のことを思い返すと、本当に、嫌な夢のようだった。

あんなことがあったなんて信じられない。でも、現実に起こったことだ。

もしかしたら、このまま話を蒸し返さなければ、何事もなかったかのように日常が続いていくかもしれない。

でも表向きはそうなるだけで、結局こうしてもやもやするのだろうし、また黙って他の人とそういうことをしているのかも、と不安になるのだろう。

やっぱり、もう一回ラファエルと話して、はっきりさせなくてはいけない気がする。

わたしは、ラファエルが他の女性を抱いていて悲しかった。

あくまで彼が好きなのはわたしだと言ってくれたから、それは素直に嬉しいし、安心した。

でもそれはそれとして、彼のしていたことは嫌だったし、傷ついた。

それを分かって欲しいし、謝って、もう絶対にしないと言って欲しい。

そうしてもらったからといって、今回の件を水に流せるのかは分からないけれど……たぶん無理だと思うけれど、最低限それくらいはしてもらわないと、夫婦としてこれからやっていけないと思う。

……でもその前に、ひとつ、確かめなければいけないことがあった。

深呼吸をして、自分の気持ちを落ち着かせる。

わたしがおかしいのか、ラファエルがおかしいのか。

それが分からないとまた混乱して、上手く話せなくなってしまう。

わたしの感覚が正しいと思いたいけれど、正直、絶対的な自信は持てていない。

だったら、誰かに聞けばいい。

そして、そんな深い話のできる友達は、一人しかいなかった。

ラファエルの弟、ベルナールだ。

ベンチから立ち上がると、そのままベルナールの部屋に行って、ノックをした。

「あの、ブリジットです」

緊張で声が震える。

しばらくすると、ゆっくりと扉が開いた。

少しだけ開けた隙間からベルナールが廊下に出て、扉を閉める。

「どうした？」

そしてわたしに向き合うと、じっと見下ろしてきた。

ベルナールとラファエルは似ているけれど、細かいところはやっぱり違う。

黒髪と灰色の瞳は同じものの、ラファエルはお義母様似の垂れ目で、ベルナールはお義父様に似て吊り目がち。

ラファエルは穏やかで優しそうな印象だが、ベルナールは黙って立っていると少し冷たそうな雰囲気がある。でも動作はきびきびとしているし表情も豊かなので、一度話せば第一印象と違うことが分かる。

すっと通った鼻筋は兄弟でほとんど同じだけれど、全体的にベルナールの方がパーツの配置の違いなのか幼い印象があって、背もラファエルより頭半分ほど低い。

まあ、ベルナールはまだ若いから伸びる可能性があるし、どうなるか分からないが。

実際、こうして至近距離に立つのは久しぶりで、前より背が伸びているような気がする。

わたしは、両手の指先をもじもじとすり合わせながらベルナールを見上げた。

「あのね、相談というか、ちょっと教えて欲しいことがあるんだけど……」

「ああ」

そのままここで聞く姿勢になったベルナールに、わたしは廊下に視線を走らせた。

今は誰もいないが、侍従や家族が通りかかることもあるだろう。

これからする話は、人に聞かれたくない。

「あの……長くなるんだけど、中に入れてくれる？」

ベルナールは身体を固くすると、視線を泳がせた。

「……じゃあ、侍女を呼ぶから待ってろ。どっか部屋空いてるだろ」

そう言って歩いて行こうとするので、慌てて腕を掴む。

驚かせてしまったようで、ベルナールの肩が跳ねる。わたしもそれに驚いて、すぐに手を離した。

「あ、ご、ごめん。あの、お茶は大丈夫。その、誰にも聞かれたくなくて……」

貴族に仕える侍従たちは、仕事で得た情報を些細なことでも漏らさないように厳しく教育を受ける。

だからよほど機密性の高い話でない限り、普通はお世話のためにそばで控えてくれるし、彼らを気にしないで話すものだ。

でも今回のことは、彼らにも知られたくなかった。

ベルナールは溜息をついて、少し考えているようだった。そして、口を開く。

「……なら、庭にでも行くか」

「え？　でも……」

「聞かれなきゃいいんだろ？　見晴らしの良いところで、近くに誰か来てないか見ててやるから。それでいいだろ」

でも、そんな環境で話すのは落ち着かない。

そう思って頷くのを躊躇っていると、ベルナールはわしゃわしゃと自分の髪を掻き混ぜた。

「あのな。前も言ったような気がするんだが、もうお前は既婚者で、俺もお前も、大人だ。密室で二人きりなんて、不貞を疑われても文句は言えないぞ」

不貞、という言葉にドキリとした。

「あ、う、うん。そうだね、ごめん……。じゃあ、お庭で……」

頷くと、ベルナールが歩き出したので慌ててついていく。なんとなく隣を歩くのは気が引けて、一歩ほど後ろを歩いた。

なんだかベルナールが相手だと、子どもの時と変わらない感覚になってしまう。

もし他の男性と二人きりで、なんて状況になったら駄目なことは分かるのに、ベルナールに言われるまでまったく気付かなかった。

わたしも駄目だなあ、と落ち込む。

「お前ほんと、気を付けた方がいいぞ。勘違いされるだけならまだいい。その調子だと、誰かに目を付けられて無理矢理……とか、あるかもしれないんだからな」

歩きながら心配そうに言うベルナールに、申し訳なく思う。

でもわたしが誰にでもホイホイついていくような言い方をされたので、流石に訂正しなければと口を開いた。

「ごめん、本当に反省してる。でも今のは、ベルナールを信頼してるからで……他の人と二人きりなんて、絶対ならないよ。だから大丈夫」

ベルナールは歩きながらちらりとわたしの方を見ると、笑っているのか顔を顰《しか》めているのかよく分からない、不思議な表情をした。

「……それはどうも」

ベルナールと庭に戻って来て、生垣や背の高い花が近くにないガゼボに入る。

人が近づいてきたらどちらかが気付けるように、テーブルを挟んで向かい合って座った。

「で？　なんだよ、話って」

「うん……」

なんと説明しようか悩む。

異性とはしづらい話だが、話せる友達はベルナールしかいないし、男性の意見を知れるのも良いことだと思う。

ただ、わたしとラファエルの話ということは伏せたかった。

家族に悪口を吹き込むみたいで気が進まない。

それに、兄のそんなことを知らされたって、ベルナールも困るだろう。

あくまでこれは、わたしとラファエルの問題だ。

「あのさ、その……結婚してても他の人とそういうことするのって、よくあることなの？」

「そういうこと？」

「えっと、男女のことというか……」

ベルナールは何を言われたのか分からなかったようで、しばらく呆気にとられたような顔をしていた。

そして理解したのか、思いっきり眉を寄せる。

「なんだそれ。んなわけねぇだろ。なんでそんなこと聞くんだよ」

「そ、そうだよね!?　ないよね!?」

わたしが求めていた答えを聞けて、つい声が大きくなってしまった。

慌てて口を押さえてから、こそこそと話す。

「その……ある人に、そういうものだよって言われたから、え？　そんなことないよね？　って、不安になっちゃって……」

ベルナールが、また何を言っているんだこいつ？　みたいな顔で固まったと思ったら、真っ赤になって立ち上がった。

「誰だお前にそんなこと言ったやつ!!」

怒りからかぶるぶる震えるベルナールに、あなたのお兄さんです、とは言えなかった。

「もしかして、そうやって言い寄られたのか!?」

すごい剣幕に咄嗟に身を引いてしまいながらも、首を振った。

「う、ううん、そういうのじゃないのよ、大丈夫」

「そいつ絶対そういうつもりだろ！　誰だ！」

「それは、言えないんだけど……」

「言えない!?」

あまりの圧に自分が怒られている気分になって、涙が出そうになった。

言えないものは言えないので、どうしようかと目が泳ぐ。

するとベルナールは少し冷静になったのか、息をついた。

「いや……わりぃ、ついカッとなって」

「ううん。心配してくれてありがとう」

背もたれに身体を預けて黙り込む。

さっきはベルナールの気迫が怖かったが、今はとりあえず落ち着いている様子なので、ほっとした。

おかげで、ラファエルの言っていたことはやっぱりおかしかったと再認識できた。

わたしの感覚は間違っていなかったのだと安心する。

「……兄上には言ったのか？」

「えっ⁉」

「だから、兄上には同じことを聞いたのか？」

兄上が言ったのか、と聞こえた気がして飛び上がってしまったが、そうではなかったので胸を撫で下ろす。

「……聞けないわよ」

「まあ、そうか」

ラファエルが言ったということを隠しただけで、嘘は言っていない。それでも、罪悪感にチクリと胸を刺された。

ベルナールは、テーブルを人差し指でコツコツと叩く。

「……どうせ男だろ？」

「それは……うん……」

「絶対お前のこと狙ってるって。注意しといた方がいい。兄上にも、変な奴に言い寄られてる、くらいは伝えていいんじゃないか？」

これでもかと眉が寄っていて、機嫌が悪いのは明白だった。

「うん……」

「大体、不安になったって……丸め込まれかけてるじゃねぇか。何も大丈夫じゃねぇよ」

「はい……申し訳ございません……」

小さくなっていると、溜息をつかれた。

「別に俺に謝ることじゃねぇけどよ……。なんでそんな思考になるかな」

先程よりもやわらかい声で言われて、少しだけ肩の力が抜ける。

「いやだって、その人年上だし、わたしより頭良いし……そんな人に大真面目な顔で言われたら、こっちの方が間違ってるのかな？　ってならない？」

「ならねぇよ。もう子どもじゃねぇんだぞ」

「はい……」

一つ下の義弟にこんなに怒られるなんて、なんと自分は不甲斐ないのだろうか。

肩を落としていると、ベルナールは自分の頭を掻きながら言った。

「あー……なんていうか、お前優しすぎるっつーか……人を信用しすぎなんだよ。素直すぎ。それが良いところでもあるけどさぁ……。もっと人を疑っていいし、自分を信じて良いと思うぞ?」

そうは言うけれど、相手はラファエルだったんだよ? と心の中で反論する。

わたしだってよく知らない人に言われたら、ちゃんと相手がおかしいと思えたはずだ。

でもラファエルは、わたしたちのお兄さんとしてずっと見守っていてくれて、大切にしてくれて、次期エルランジェ伯爵として申し分ないと言われていて……。大好きで、憧れで、ずっと正しいと思っていた相手だ。わたしの王子様だった。

そんな人に言われたんだもの、とむくれるが、ベルナールには言えないので渋々飲み込む。

「うん……」

「とにかく、そいつとはもう関わるな」

「えっと、それは……」

わたしが言い淀むと、ベルナールは身を乗り出して、真剣な顔で言った。

「社交界にいれば完全には無理かもしれないが、そいつはお前が関わっちゃいけない相手だ。不貞もそうだが、世の中、やってはいけないことを普通にやる奴は大勢いる。そいつはそういうやつだ。関わるな。お前も巻き込まれるぞ」

「………」

そうだ。わたしが間違っていなかったということは、やっぱりラファエルはおかしいということになる。

ベルナールが言うように、世の中には、悪いことをする人がたくさんいる。

だから王都や領地の治安維持が大切だし、それでも、悲しい出来事はゼロにならない。

だとしても、他の人が悪いことをするから自分もして良いのかといえば、それは違う。

愛を誓った妻や夫を裏切るのは駄目なことだし、他にそういう人がいたからといって、自分がして良い理由にはならない。

そんな当たり前のことを再確認するだけで、心臓が圧縮されているかのように苦しくなった。

きっと、こうなりたくなくて、自分よりもラファエルを信じそうになったのだ。

今まで信頼していた大好きな人が、そういう……悪い人だって気付きたくなかった。

混乱していたのも、怖かったのも、舞い上がってしまったのも確かにある。

けれどきっと、なによりも、現実を直視したくなかったのだ。

「わ、悪い……言いすぎた」

黙り込むわたしに勘違いしたようで、ベルナールが気まずそうに謝ってくる。

それに首を振って、また別のことを聞いてみることにした。ラファエルを怖いと感じたことを思い出して、これも確認しようと思ったのだ。

「あの……感情的になって、人を叩くことってある？」

ベルナールは目を見開いて少し固まった。そして視線を逸らして、ぼそぼそと話し出す。

「……良くないことだが、あるな。俺らだって子どもの時はそうだったし。大人でも、まあ、あることはあるんじゃねぇの。駄目だけど」

「じゃあ、怒りのあまり首を絞めることは？」

今度は、ぎょっとした顔をされた。

「は？　それは普通にないし、本当に駄目だろ。死ぬじゃねぇかそれ。というかお前、何があったんだ？」

心配そうにこちらを見るベルナールに、慌てて手を振る。

「う、ううん。例え話？　というか……その、物語でそういう場面があったなって、思い出して。ベルナールはどう思うかなって」

訝しげな眼差しを向けられたので、冷や汗を流しながら話を終わらせようとした。

「きょ、今日は本当にありがとう、ベルナール。その、最近色々ともやもやしてたのが、解消されたわ」

そう言って笑顔を作ったが、ベルナールは眉尻を下げた。

「本当に何があったんだよ。俺はお前のこと、……幼馴染として……あ、家族として、大切に思ってる。だから心配だし、困ってるなら力になる。兄上には言えないことなんだろう？　だったら、俺に話してみろって。……どうせ俺以外に友達いないんだし」

ぼそっと言われた最後の言葉に、思わず笑ってしまった。

ベルナールがわたしのことをそんなふうに思ってくれているなんて……と感動したのに、台無しだ。

でもなんだか、そんなベルナールの様子に安心した。

昔からベルナールは素直じゃないというか、余計なことを言ってしまうというか……そういう不器用な人で、わたしはよくからかわれていたのだ。

昔の、何も悩みがなかった頃の空気が一瞬流れたようで、気が軽くなった。

「大丈夫、ありがとう。やっぱり、ラファエルに話してみることにするわ」

そう言えばベルナールも納得するかなと思って、そう言った。

実際、ラファエルと話し合わなければ、解決しないのだ。自分の尻を叩くつもりでもあった。

ベルナールはぐっと唇を噛んでから、口角を上げる。

「そうだな。それが一番いいよ」

第三章　これからに向けて

ベルナールと別れたあと、舞踏会の支度をした。

ラファエルと話し合うと決めたが、中途半端なところで時間が来て決着がつかなくなるのは嫌だったので、舞踏会のあとで話すことにしたのだ。

夕方になって、ラファエルと会場に入る。

輝くシャンデリアと、それを反射する大理石の床。着飾った多くの人々。煌びやかな空間に、眩暈《めまい》がしそうだった。

エスコートをしてくれるラファエルの腕を掴むだけで緊張したが、普段どおりの自分を意識して振る舞った。

ラファエルはやっぱりいつもどおりで、昨日のことなど何もなかったかのようだった。いや、実際彼の中では、もう終わったことになっているのかもしれない。

もし思うところがあったとしても、それを表に出さないことは社交の場に出ている貴族の振る舞いとしては正しいことだ。

だが、そう素直に受け取って尊敬することはできなかった。

得体の知れないものを見ているようで、ぞわぞわする。

「今日もこの中で一番可愛くて綺麗なのは君だよ、ブリジット」

それでも、そう微笑まれれば頬が熱くなって、なんだかぽーっとする。

そんな自分に気付いて、心の内で頭を振った。

しっかりしてブリジット、と自分を叱咤する。

彼は悪びれた様子もなく不貞をする人だって分かっているのに、どうしてときめいてしまうのだろう。

不誠実な人なんて、嫌いだと思っていた。

けれどわたしは未だにラファエルのことが好きなようで、心から嫌悪することができない。

いっそ嫌いになれれば、こんな葛藤をせず、離婚でもして前を向くことができたかもしれないのに。

ラファエルの反応次第ではあるが、今のところは以前のような夫婦に戻りたいと思っている。

彼自身も不貞がばれた混乱で変な言動をしてしまった可能性もあるし、今夜の話し合いの中で、自分の非を認めてくれるかもしれない。

人は皆、大なり小なり過《あやま》ちを犯してしまうものだ。

ラファエルを好きな気持ちが消えてくれない以上、過去を悔いて反省し、更生してくれると信じたい。

今のわたしには、ずっと大好きだったラファエルとさよならなんてできる気がしない。

現実的な問題としても、離婚した女性の再婚は難しい、というのがあった。

離婚は、定められている条件のいずれかに合致すれば認められる。

その内、夫婦どちらかの不貞を証明することができれば離婚を認める、という条件があるので、ラファエルの不貞の証明さえできれば離婚できる。

もしくは、三年間清い関係だと婚姻自体を無効にできるので、あと一年ほど待てばそれができる。

ただし、離婚は制度として認められているだけで一般的ではなく、白い目で見られることになるのだ。

それに、わたしは純潔を保っているけれど、世間の人はそう思わないだろう。

まともな若い男性が、わたしと再婚しようなどとは思わない。

しかも、先祖の遺言を無視して、との非難も多少は受ける。

数代前の遺言に強制力はないが、それでも守るべきだ、という意識は強い。

さらにシュヴァリエとエルランジェの悲恋はそれを元に作られた物語もあって、そこそこ有名だった。

そうなると、さらにわたしと再婚しても良いという人は減るだろう。

他に直系の子どもがいない両親にとっては、死活問題だ。

まあ、跡継ぎ問題に関しては、ラファエルと夫婦関係を続けても今のところ解決できそうにないので、それについても話さなければならないのだけれど。

そんなことをぐるぐると考えながら、ラファエルと踊った。

三曲目が終わって、気分を変えようと、飲み物を飲みながら会場に視線を走らせる。

少し離れたところに、ベルナールがいた。主催者がお義父様と懇意にしている方なので、エルランジェ家の全員が出席しているのだ。

隣にいるパートナーの令嬢は、わたしと違って大人っぽい雰囲気を持ったしっかりしていそうな美人だった。

相変わらずベルナールの婚約話は聞かないが、ここ最近、連続して彼女がパートナーだった気がする。

もしかして、結構良い感じなのだろうか。

彼女が前に言っていた好きな人なのか、新しい想い人なのかは知らないけれど、上手くいって欲しいと思う。

ベルナールがわたしを大切だと言ってくれたように、わたしにとっても、彼は大切な人だった。

実際は彼の方がしっかりしているが、わたしの方が年上なのもあって、保護者みたいな気分でもある。

わたしたちのようにはならず、真っ当で、幸せな夫婦生活を送れる伴侶を見つけて欲しかった。

そんな物思いに耽っていたので飲み過ぎてしまい、催してしまった。

「あの、ラファエル。ごめんなさい、わたし、化粧室に……」

「分かったよ。少し待っててね」

ラファエルは変わらず、わたしに同行してくれる女性を捕まえてくれた。

タチアナ様という、カロリーヌ様のお茶会で知り合った人だ。

そういえば、カロリーヌ様はどうしているのだろう。

もし彼女がラファエルに殺されかけたと通報したら、捕まるのだろうかと考えてみたが――そうすると自分の不貞もばれるだろうから、通報はしないだろうか。

したところで、実際に亡くなってはいないし、痴情のもつれだからと相手にされないような気もする。

そんなことを考えていると、お手洗いに向かう途中、タチアナ様が言った。

「ブリジット、聞いた？　カロリーヌ、昨晩暴漢に襲われたんですって」

「えっ!?」

「幸い大きな怪我はしなかったけれどお顔が腫れてしまって、しばらく舞踏会やお茶会には出られないそうよ」

「そ、そうだったんですか……心配ですね……」

まさかあのあと暴漢に襲われてしまったのかと驚いたが、話の内容からするとおそらく、暴漢というのはラファエルにやられた怪我の言い訳だろう。

彼女にさらなる不幸がなかったことにほっとしながらも、あの光景を思い出して唾を飲み込む。

カロリーヌ様がやったことは許せないけれど、怪我に関してはラファエルがやりすぎだったのは間違いない。

また今度、彼女に謝罪するよう話さないと……

「近頃治安が悪いから、ブリジットも気をつけてね」

「はい……。タチアナ様も、お気をつけください」

そして用が終わって会場に戻ると、ラファエルは他の女性と踊っていた。

別に一曲踊るくらいは挨拶のようなもので、深い意味はない。

そんなことは分かっているし、今までも気にしていなかった。

けれど、今はなんだか腹立たしいというか、失望したような気持ちになる。

昨日のことがあったのに、平気な顔で他の女性に触れることが信じられない。

わたしが離れていたとはいえ、せめて一言断ってからにしてよ、とむかむかした。

「あっ」

隣にいたタチアナ様が声を上げる。見ると、ご友人を見つけたのか女性と手を振り合っていた。

「あの、わたしはもう大丈夫です。ありがとうございました」

「本当？」

彼女はカロリーヌ様の次に同行してくれることが多かったので、ラファエルの過保護ぶりとその理由を知っていた。

心配そうな顔をしていたが、一転、わたしの後ろを見て顔を輝かせる。

「ああ、ベルナールくんもいるし大丈夫ね」

その台詞を聞いて振り向くと、少し離れたところにいたベルナールにも聞こえたのか、驚いた顔でこちらを見た。隣にパートナーの姿はない。

突然巻き込まれたベルナールには悪いが、タチアナ様はご友人と話したいようだったので、頷いた。

「はい。ありがとうございました」

タチアナ様と別れて、ベルナールのところに行く。

「ごめんね、ラファエルが終わるまで相手してくれる？」

もしかしたらパートナーが嫌がるかもと一瞬思ったが、わたしは既婚者だし義理の姉だからいいかな、と判断する。

「いいぞ。まだやってるのか、大変だな」

ベルナールも、わたしが一人にならないようにラファエルが人を呼んでくれることを知っている。

「うん。まあ、そろそろいいかなって思うんだけどね」

もし誰かに嫌味を言われたとしても、動じないでいられそうだ。

ラファエルやカロリーヌ様に裏切られていたことに比べれば、他人からの悪意なんてどうということはない。

「パートナーの娘《こ》は？」

「今は他の人と話してる」

「最近あの娘《こ》とよくいるよね。いい感じなの？」

聞くと、わたしに向けていた顔を中央のダンスをしている人々へ向けた。

「そういうんじゃない。あの人は仕事一筋で、結婚する気がなくて……お互い誰かと深い仲にはなりたくないけどパートナーが必要だから、組んでるだけだ」

「そうなんだ」

女性で自分の仕事を持っているのは、かなり珍しいことだった。

貴族の女性は、誰かに嫁いで子どもを産み、育てながら養ってもらうか、仕事をするとしてもその嫁ぎ先の家の領地運営や事業を手伝う程度なのが当たり前だからだ。

もし本人にやりたいことがあっても、ほとんどの親は反対するだろう。

きっと凄い人なんだろうな、と思った。

「じゃあ、まだ好きな人のこと、諦められてないの？」

「……元から、諦めてはいるんだ。その人は、俺とは結ばれない人だから……。どうこうなろうなんて、思ったこともない。ただ、ずっと……今も好きで……そんなんで他の女性《ひと》となんて、その女性《ひと》に失礼だろ」

そう苦笑するベルナールに、目頭が熱くなった。

なんて、誠実なんだろう。

前まではそれが当たり前のことだったのに、今はとても、尊いものに見える。

ラファエルのことも、完璧で、こういうふうに誠実な人だと思っていた。

でもそうではないと分かって、正直今は、人を信じるのも怖い。

けれどベルナールは、きっと本心からそう言っているのだろうと思えた。

切なそうに伏せられた瞳から痛いほどに伝わる想いがあったし、こう言ってはなんだけれど、べルナールはラファエルほど器用ではない。

すぐに感情が顔に出るし、お世辞も言えないタイプだ。

そんなある種、未熟だと言われるような部分も、今となってはかけがえのないものに感じる。

黙り込んだわたしが気になったのか、ベルナールが視線を向けてくる。そして、ぎょっとした顔をしてポケットを漁りだした。

「ど、どうしたんだよ、おい……」

差し出されたハンカチを受け取って、溢れそうな涙をそっと拭う。

「ごめんなさい……なんか、感動して……」

「はあ？」

涙を拭いているからベルナールの顔は見られないが、呆れているような、困惑しているような雰囲気は伝わってきた。

「わたし、ベルナールのそういうところ、好きよ。その、相手の人のことは分からないけど、そこまで想われるなんて羨ましいって思うし……。その人でも他の人でも、あなたがいつか結婚したら、相手の人はとても幸せなんだろうなって」

「なんだそれ。何目線？」

困ったように言うベルナールに、笑ってしまった。

突然、泣きながらこんなことを言われても困るわよね、と自分に呆れる。

いくらなんでも、情緒が不安定すぎる。

何も知らないベルナールからすると、奇行にしか見えないだろう。

「やっぱりお前、様子がおかしいぞ。昼間に話してたことか？」

「どうしたの？」

どう答えようかと思ったところで、ラファエルがやってきた。

ベルナールが一歩下がり、ラファエルがすぐにそばまで来てわたしの肩を抱く。ベルナールは一度俯くと、すぐにラファエルを見上げた。

「話してたら急に泣き出して……。大丈夫か？」

「だ、大丈夫。ちょっと涙腺が弱くなってるだけだから……」

「ブリジット。そうやってしまったら目を痛めるし、お化粧も落ちちゃうよ。ああ、ほら」

わたしの手を退けたラファエルは、しょうがないなあと笑って、自分のハンカチを取り出した。

ぽんぽんと涙を吸収させるように拭いてくれる。

今、ラファエルを直視したら涙が止まらなくなりそうで、慌てて目を伏せた。

「……ありがとう」

「いいんだよ。それで、どうしたんだい？　まさかベルナールが泣かせたわけじゃないだろう？」

慌てて首を振ると、「だよね」と頷かれた。

「今日はもう帰って、ゆっくりしようか。お化粧を直して戻ったところで、すぐ終わるだろうし」

「でも……」

「一通り挨拶は済ませているから、大丈夫だよ。今日はもう帰ろう」

今晩あの話をしたかったから、ちょうど良いかもしれない。

周りを見ると、全員とはいかないまでも、こちらを気にしている人がいて居づらいし。

頷くと、ラファエルがわたしの腰を抱いた。

「ベルナール、父上と母上に伝えておいてくれ」

「分かった」

すれ違いざまにベルナールに手を振ると、眉尻を下げた心配そうな表情で、手を振り返してくれる。

そうやってわたしを気にしてくれる人がいるだけで嬉しくて、勇気が湧いてくる気がした。


家に帰って入浴を済ませ、寝室に行く。

ベッドに座っていたラファエルは、わたしが入ってきたことに気付くと、こちらを向いて腕を広げた。

「あのね……昨日のことで、話があるの。だから、あっちでも良い？」

震えた声で言いながら、ソファを指す。

「分かったよ」

ラファエルは微笑んで立ち上がり、わたしの手を取ってソファに向かった。

一緒に座ると、わたしを抱こうと腕が伸びてくる。それをさりげなく避けて、ラファエルに向き直った。

そして、わたしの想いが伝わるように彼の手を両手で包み、顔を見つめた。

色々と言いたいことはあるけれど、まず大切なのは、わたしに歩み寄ってくれる気持ちがラファエルにあるかどうかだ。

緊張から声が掠《かす》れそうだったが、覚悟を決めて、口を開く。

「あのね……他の人としたい性欲とか、考えてみたの。でも、どうしてもわたしには分からなくて。ラファエルはラファエルで悩みとか考えがあるんだろうけど、やっぱり結婚してるのに他の人とするなんて良くないことだし……。少なくとも、今までラファエルに裏切られてたんだって、わたしは悲しかった」

話している途中から、涙が溢れそうになっていた。

ラファエルは痛ましそうに眉を寄せる。

「ブリジット……。本当に、君を悲しませてごめん。でも誓って、わたしが愛しているのは君だけだよ」

とりあえず、怒ったりしないでわたしに寄り添おうとする姿勢を見せたラファエルに安心した。

落ち着こうと、深い息を吐く。

「でも……でもあの時、カロリーヌ様のこと……好きって、言ってた」

「ああいう場では、相手の気分を盛り上げるためにリップサービスをすることもある」

「そ、それでもっ……それでも、嘘でも他の人に愛を囁いて欲しくなかったしっ……わたしに対して、誠実でいて欲しかった!!」

結局感情が昂《たかぶ》って、ぼろぼろと泣きながら叫んでいた。

ラファエルが怖い気持ちはまだあったが、今はそれどころではない。

これまで抑え込んできた感情が噴き出して、彼にぶつけないとどうしようもなかった。

「ごめんね。そうだよね。全て、わたしが悪い」

「ら、ラファエルは、みんな、そんなものだって言ってたけどっ……もし本当に、あなたの周りにそういう人がいたとしてもっ……それでも、それに流されないでっ……わたしだけを愛するっていう誓いを守って欲しかったっ……！」

「うん」

「本当に、わたしだけを愛してくれているのならっ……それを疑いたくなるような行動はしないで欲しかったっ……！」

「うん」

「なによりもっ……わたしの愛した人が、そういうことをする人だったんだっていうのが、悲しくて……！」

「ブリジット……」

嗚咽交じりに、全てをぶつける。それを受け止めるラファエルは、なんだか小さく見えた。

「わ、わたしが……ラファエルのことが好きよって言いながら他の人とそういうことしてたら、い、嫌じゃないの？」

「駄目だ！！！」

すごい剣幕で肩を掴まれて、びくりと身体が跳ねた。

ラファエルはすぐに「あ、ごめん……」と手を離す。

「そ、それと同じ気持ちよ。わたし……本当にラファエルのこと、好きだったの。わたしの知るラファエルは、優しくて、紳士的で、誠実で……そう思ってた。でも裏で他の人を抱いていたなんて、もう何も信じられない！　今までの思い出も、全部嘘だったみたいな気分になっちゃうの！　わたしが好きだったラファエルを、返して欲しいっ……！」

肩を上下させながら呼吸をする。

わたしの涙で、部屋の湿度が上がっている気すらした。

途中から自分でも何を言っているのかよく分からなくなってしまったが、思いの丈をぶつけたことで、少しだけすっきりした気分になる。

ラファエルはわたしに手を伸ばしかけたけれど止めて、自分の髪をくしゃりと掴んだ。伏せた目から、涙がつぅと流れる。

「ごめん。本当に、ごめん。わたしが……考えなしだったんだ。わたしの心はブリジットにあるから、それでいいと……。浅はかだった」

その姿に、はっと息を呑んだ。ラファエルが泣いているのを見るのは、初めてのことだった。

「本当に、申し訳ないと思っているんだ。君をそんなに傷つけて、泣かせて……。自分を許せないよ。ごめん」

震えながら頭を下げる姿に、わたしは、希望が見えた気がした。

最悪の展開として、ラファエルが怒り出すとか、開き直って反省しない可能性も考えていたのだ。

でもラファエルは、泣きながら謝ってくれている。

きっと、わたしの想いが伝わった……のだと、思いたい。

「でもわたしは、本当に、君のことを愛しているんだ。厚かましいのは分かっている。だがどうか、やり直すチャンスをもらえないだろうか。また君がわたしを信じてくれるように、精一杯尽くす。お願いだ」

潤んだ灰色の瞳に見上げられて、僅かにだけれど、溜飲が下がった。

その姿も、瞳も、声も、わたしが大好きだってことを目いっぱい伝えてくれている。

状況も気持ちもまったく違うが、結婚した日の夜のことを思い出した。

まだ、前みたいな夫婦に戻れるのかは分からない。

でもその可能性は、ゼロではないと思えた。

「……もう、他の人となんてしないで。一緒に、どうしていくか考えていこう。ラファエルの心も身体も、わたし以外に触らせないで欲しい」

「うん。分かった」

ラファエルが目を細めて、溜まっていた涙が目尻からぽろりと零れた。

おずおずと両手を伸ばされたので、ゆっくりと、その腕に身体を預ける。

これで、全て元通りとはならない。それでも、一歩踏み出せた、と思う。

「……あと、カロリーヌ様に謝って欲しい」

「……え？」

「カロリーヌ様のことも、許せないよ。でも……首を絞めるのは、流石にやりすぎだよ。本当に死んでしまうと思ったもの」

「そうだね、分かった」

ラファエルが頷いてくれたことにほっとして、身体の力を抜く。

まだまだ解決していないことも、話していかなければいけないこともたくさんある。

それでも最低限、彼はわたしのことを愛してくれていて、今までのことを反省して、改めてくれるという確認は取れた。

これからまた、少しずつやり直していけばいい……はず、だよね？

◆　◆　◆

ラファエルは、物語が好きだった。

昔から、自分が他人とは何かが違う自覚はあったのだ。

だが幼いラファエルにはそれが何なのか分からなかったし、人と違うことで、自分が特別な存在だと思っていた。

だから、他人と何が違うのか。普通の人とはどういうものかを確認するために、物語をよく読んでいた。

そんなラファエルの初体験の相手は、赤ん坊のころから自分を世話していた侍女だった。

自分にとって二人目の母親のような存在に襲われた当時のラファエルが思ったことは、戸惑いや失望、悲しみなどではなかった。

性的刺激が気持ち良いということと、この女気持ち悪いな、という侮蔑の感情だった。

彼女は夫を早くに亡くし、年老いた両親も亡くなったことで、生きる理由を失った。そして最期の思い出にと、美しい主人に手を出したのだ——と、ぺらぺら喋っていた。

その後も、打首になる覚悟だった彼女は逃げることもせず、暗い顔で仕事を続けていた。

しかしいつまでも伯爵からの呼び出しはなく、拍子抜けしたようだった。

告発されていないと分かると、二度、三度と手を出してきた。

ラファエルも快楽が忘れられずに自ら侍女を部屋に迎え入れるようになり、夜な夜な行為に浸った。

次第に侍女から手解きを受けて自分でも動くようになり、さらに快楽に溺れるようになった。

女の濡らし方も、自分がより気持ち良くなる方法も、避妊のやり方も、その侍女を使って学んだ。

同時に、彼女を気持ち悪いと思う気持ちも増していった。

その侍女が母ほどの歳の女だからかと思い、若い侍女にも手を出した。

若い女の身体は、だらしのないいつもの侍女とは違った。

肌は滑らかで瑞々《みずみず》しく、乳房や臀部は弾力があり、手指や目を楽しませてくれる。

視覚的な興奮も、肌触りも、締め付けも、若い女の方が良かった。

それでも、自分が抱いている相手を気持ち悪いと思う気持ちは変わらなかった。

ラファエルは初めての侍女や、その他の若い侍女、閨教育の婦人、社交界で出会った令嬢と、様々な女と関係を持った。

ラファエルにとって女は、欲を発散する道具になっていた。

まともな人間のような顔をして生活している女たちは、ラファエルを視界に入れれば、少し優しくすれば、微笑めば、その目にすぐさま性的な色が乗り始める。

そしてラファエルが求めれば股を開き、触れれば濡らし、甘ったるい嬌声を上げ、だらしのない顔をする。

その姿は同じ人間だとは思えない、性欲に支配された雌だった。

ただ陰茎を扱《しご》く穴として使われているだけなのに喜ぶ様は滑稽だったが、誰かをそんな存在に堕としているという実感は、ラファエルの何かを満たしてくれた。

一度、雌たちが自分こそが本命なのだと喚き散らす争いに巻き込まれたが、ひどいものだった。

ただの雌が勘違いをしてキーキーと喚く光景は、見るに堪えない。人の姿をとっているだけで、獣のようだった。

しかしそんな雌たちを宥め、まだましな雌の情報を率先して伝えてくるカロリーヌは、身の程を弁《わきま》えているよくできた雌だった。

そんな彼女も、人々から隠れるようにラファエルを性的に見て、ベッドの上では獣のように乱れる。

彼女が結婚したことでその関係が終わるかと思いきや、変わらず誘ってきたので、結局雌は雌なのだなと思ったものだった。

歳の離れた婚約者のことも、幼いからその片鱗がないだけで、いずれは他の雌と同じようになると思っていたのだ。

しかしブリジットは、いつまでも純粋だった。

ラファエルが性に目覚めた年頃になっても、あわよくば自分と一夜を過ごしたいというような、他の雌にある爛《ただ》れた気配は一切ない。

真っ直ぐに自分への好意を表すがそこに肉欲はなく、気に入られようと媚びを売ろうともしない。

表裏もなく、良きことを良きとし、他には目もくれず自分を慕う。

いつかはその純粋な瞳が欲に穢れると思っていたのに、いつまで経っても澄んだままだった。

そんな雌は、ラファエルの周りには他にいなかった。

珍しいものは、それだけで尊く価値がある。

彼女からは、雌から雄への欲ではなく、人から人への愛情を感じるようだった。

どれだけ恋物語を見ても理解できなかったものが、彼女となら分かりそうな気がした。

彼女に対しては侮蔑する感情は生まれず、彼女が示す好意を、素直に受け取ることができた。

笑えばかわいいと思うし、汚いものから守ってやりたいと思う。

誰にも渡したくないし、ずっと自分を好きでいて欲しい。

いつまでも、綺麗なままでいて欲しい。

真面目な彼女は夫婦としての務めを果たさないことに不安を感じるようだったが、ラファエルにとって大事なのは、爵位継承問題や子孫よりも、目の前のブリジットのことだった。

そんなもののために彼女を汚すなんて、あり得ない。

彼女を他の雌のように扱いたくなかったし、彼女がただの雌になって失望するのも嫌だった。

それでも自分の欲は溜まるから、他の雌で発散した。

関係のあった侍女たちはブリジットが嫁いでくるのを機に追い出し、外の雌だけを使うようにした。

世間で不貞は良くないこととされているが、自分は他の雌に現《うつつ》を抜かしているわけではない。

ブリジットだけが特別で、あとはただ道具として使うだけ。

妻を裏切っているという意識はまったくなかった。

綺麗なブリジットは夫が汚れていることを知れば悲しむかもしれないが、ばれなければしていないことと同じだ。

それを知った彼女がどう思うのかも、物語から得た知識で想像はしていたものの、理解はしていなかった。

そして、都合よく扱われ続けた人間がどんな感情を持つのかも、まったく考えていなかったのだった。

ブリジットがラファエルに感情をぶつけた、その翌日。

ラファエルは朝起きると、隣で眠る妻の顔を眺めた。

その寝顔は天使のようで、眩しさに目を細める。

ブリジットは、ラファエルにとって信じられないくらいに純粋で、綺麗な雌《ひと》だった。

昨晩、カロリーヌに謝れと言い出した時には、吹き出してしまいそうになったくらいだ。

まったく理解できないが、だからこそ惹かれるのだろうと思う。

正直、自分とは違いすぎて疲れることもあった。

だからといってそんな彼女の美しさを汚してしまったら、本末転倒だ。

綺麗だからこそ愛しているのに、それを損ねてしまったら彼女の価値がなくなってしまう。

「ブリジット、起きて」

「ううん……おはよう、ラファエル」

いつものふにゃりとした笑みに安心する。

昨日もそう思ったはずなのに、夜になるとあんな話をされたので油断はできないが。

対策をしておいて良かった、と口角を上げた。

ブリジットも起きて、二人は着替えのためにそれぞれの部屋へと行く。

ラファエルが自室に戻ると、机には、本が何冊か積まれたままだった。全て、不貞について扱った物語だ。

ブリジットにカロリーヌとの情事を見られた、あの晩。一応彼女を丸め込むことができたが、あとで何か言い出すかもしれないとは考えていた。

そんな時にどう対応すれば良いのか、昨日の昼はこれらの本で予習をしていたのだ。

おかげで、昨晩はそれらしい振る舞いができたと思う。

おそらく大丈夫だろうが、またブリジットの感情がぶり返すかもしれないので、仕舞わないでおくことにした。

着替えながら、ラファエルは顔を歪ませる。

まったく、カロリーヌのせいで面倒なことになった。

彼女はラファエルと一番付き合いの長い雌《あの雌》で、それなりに頭も良いし、ラファエルが求める振る舞いをできていた。

身の程を弁《わきま》えられる良い雌だと信頼していたのに、あんなことをするなんて。

おかげで全てがめちゃくちゃだ。

せっかく、ブリジットを手に入れて幸せな生活を送っていたのに。

――あいつさえいなければ……。

自分の幸せをぶち壊そうとしたのだ。それ相応の報いを、受けさせなければならない。

鏡を睨み付けるラファエルの瞳は、憎悪に染まり切っていた。

◇　◇　◇

二人で話し合った夜から、数週間が経った。

ラファエルとわたしは、また一から関係を作り直すように生活している。

「おいで、ブリジット」

「うん……」

夜、寝室に入るとソファで待っていたラファエルが立ち上がって、扉の近くまで迎えに来てくれる。

差し出された手を取ると、「抱き締めてもいい？」と聞かれた。

頷くと、そっと引っ張られて、逞しい腕に包まれる。

ラファエルがカロリーヌ様を抱いていた場面を思い出して身体が固くなると、そっと背中を撫でられる。

わたしも忘れようと意識して、ラファエルとの楽しかった思い出を考え続けた。

そうしていると、次第に力が抜けてくる。

ラファエルは身体を離すと、わたしの頬にかかっていた髪をそっと除けて耳にかけてくれた。

そして、夜の空気に粟立ちそうな頬を優しく撫でる。

「ここに、口付けさせてもらえる？」

「……うん」

頬にそっとキスをされる。リップ音を立てず、唇を優しく押し当てるようなキスを何度かされた。

以前と違って遠慮がちなそれが、わたしを気遣っていることを感じさせてくれる。

それが嬉しいと同時に、心の距離も感じて切なくなった。

わたしがラファエルにそうさせているのだから、仕方ないのだけれど。

相変わらず唇同士のキスはまだできなくて、手を繋いだり、ハグをしたり、頬にキスをしたりと、こうして少しずつ触れ合いを増やしていた。

ラファエルのお仕事——服のデザインだ——の仕方も変わった。

以前は仕事場に泊まる日があったが、今はそういうことがないように家に持ち帰って来たり、休日の昼間に行ったりしている。

そこまで根を詰める必要がないお休みの日は、以前のように街に出てデートもしていた。

また、舞踏会でわたしのいないところで他の女性と踊らないで欲しいと言うと、「できるだけそうするよ」と頷いてくれた。

それ以来、誘われればまずわたしに確認を取ってくれる。

わたしがそばにいない時も、流石に大きな家の令嬢はお待たせできないけれど、そうでない人だったら、帰って来るまで待っていてくれる。

ラファエルがそうやって反省を示してくれているのは素直に嬉しいし、愛されていると感じる。

それでもやっぱり、時折あの場面を思い出しては泣きそうになる。

そういうこともなくなって以前のように過ごせるようになるとは、今のところ想像できなかった。

時間が傷を癒すとは聞く。

半年や一年後には、元通りになれるのだろうか。

それとも、もっと時間がかかってしまうのだろうか。

そしていずれ、わたしとラファエルも、あのようなことをするのだろうか。

ベッドの上で絡み合う二人の光景がまたフラッシュバックして、ラファエルのシャツを掴んだ。

「大丈夫？」

首を振って、ラファエルの胸に耳を当てた。

人の鼓動を聞いていると、落ち着いてくる気がする。

「再来週のお休みは、演劇を見に行こうか。今人気のものがあって……八年戦争の英雄、ロドリグ様を元にしたお話なんだって」

気を紛らわせようとしてくれたのか、背中を撫でながらそう言われる。

最近は恋愛物を見る気にもなれなくて、読書や観劇は主に英雄譚《たん》になっていた。

わたしは頷いて、深呼吸を心がける。

余計なことを考えなければいいのに、どうしてもあの日の夜に思考が引っ張られてしまうのだ。

やっと落ち着いてきたので、二人でゆっくりとベッドに寝転がった。

ラファエルが優しく髪を撫でてくれる。

わたしはあの夜のことを思い出さないように、明日の舞踏会のこととか、再来週の観劇には何を着て行こうとか、とにかく考え事をする。

そうしているうちに、気付けば眠りについていた。


翌日。舞踏会があるので、夕方になると、二人で馬車に乗って家を出た。

今回はラファエルの友人が招待してくださったもので、あまり格式張ったものではない。エルランジェ家から出席するのも、わたしたちだけだ。

ラファエルにエスコートされて会場に入る。

正式な開会まではまだ時間があったので、二人で顔見知りに挨拶をして回った。

そうしていると、一緒に話していたタチアナ様とその旦那様が、入り口の方を見て声を上げた。

「あ、カロリーヌだわ。よかった、怪我が治ったのね」

その言葉にラファエルはすぐさま振り返ったが、わたしはできなかった。

呼吸が止まって、汗がぶわっと溢れる。

怪我をして療養されているという話をタチアナ様から聞いて以来、彼女が話題に上がることはなかった。だから昨日までは、まだ公の場に姿を現していなかったはずだ。

ついに怪我が治って、社交界に復帰するのか。

それがまさか今日、わたしたちがいる舞踏会だなんて。

「久しぶりだね、皆さん」

オベール伯――カロリーヌ様の旦那様の声が聞こえて、ひゅっと息を吸い込んだ。それをきっかけに、呼吸することを思い出す。

流石に、話しかけられて無視するのは失礼だ。

わたしはかくかくと、錆び付いた人形のように振り返った。

にこやかなオベール伯の隣に、微笑むカロリーヌ様がいる。

赤くなっていた頬は綺麗になっていて、白くなめらかな肌が照明を反射させていた。

紺色のハイネックのドレスで首元を隠しているので、もしかしたら首を絞められた痕はまだ残っているのかもしれない。

目が合って、肩が跳ねた。

ラファエルの腕が、落ち着かせるようにわたしの肩を抱く。

カロリーヌ様が視線を滑らせて、ラファエルの手を見た気がした。そしてラファエルを見上げ、その笑みを深くする。

「ご心配をおかけしましたわね、皆さま。わたくしこのとおり、すっかり治りました」

「オベール夫人。噂を聞いて、心配しておりました。お元気そうな姿を見られて嬉しいです」

ラファエルが笑みを浮かべ、嬉しそうな声色で話す。

「ふふ。夫が尽くしてくださいましたから」

対してカロリーヌ様も照れたような笑みを浮かべながら、隣のオベール伯を見つめた。

彼は誇らし気に胸を張って、カロリーヌ様の腰を抱く。

「皆さんもお気を付けを。幸い妻は逃げ出す隙があり大事には至りませんでしたが、そうでなければどうなっていたことか……。騎士団にも強く言って調査させておりますが、他にも婦女が狙われる事件が多発しているようですので。まったく嘆かわしい」

「オベール夫人ほどの方まで狙われるなんて、王都の治安はどうなっているのか……。騎士団の皆さんにもしっかりしてもらわねばなりませんな」

タチアナ様の旦那様が、妻を守るように抱き寄せた。タチアナ様も不安げな顔で寄りかかる。

目の前で繰り広げられる会話に、肝が冷えるようだった。

ラファエルとカロリーヌ様が何食わぬ顔で話しているのも恐ろしいいし、オベール伯が二人の関係を知っているのかどうかも分からなくて怖い。

何も知らずに、最近多発しているという婦女暴行事件にカロリーヌ様が巻き込まれたと思っているようにも、全てを知っていてラファエルに釘を刺しているようにも聞こえた。

わたしが震えそうな身体をなんとか押さえていると、またカロリーヌ様と目が合う。

はっとすると微笑まれて、わたしもぎこちなく笑い返した。

「ブリジットも気を付けてね。こんなにかわいい娘《こ》が街を歩いていたら、すぐに目をつけられてしまうわ」

何かの警告に聞こえて、身を固くする。

ラファエルがさらに強く抱き寄せてくれて、少しほっとした。

「大丈夫だよ、ブリジット。でも、しばらくはお家で大人しくしておこうか」

「う、うん……」

カロリーヌ様を見た今、また首を絞めていた光景を思い出してしまって、ラファエルのことが怖い気持ちもある。

けれど彼がわたしの味方なのは確かで、頼れるのも彼しかいなかった。

彼の秘められた暴力性もなんとかしなくてはいけないが、とりあえず、その矛先がわたしに向かうことはないはずだ。

彼のわたしを好きだという想いは、疑わなくて良いと思う。

でもカロリーヌ様は、まだ何もかもが分からない。

なぜ平気な顔で人の夫と寝ることができていたのか。どうしてその場面を、わたしに見せようとしたのか。

何にせよわたしへの情があればできない行為のはずで、悪意を持たれているはずなのだ。

そうしていると主催者の方が開会の挨拶を始めたので、話は終わった。

そのあとは各自が他の人と交流を深めていたので、わたしたちとオベール伯爵夫妻が再び話すことはなかった。

本当はカロリーヌ様がどうしてあんなことをしたのか知りたいし、ラファエルが彼女を傷つけたことに関しては謝りたい。

だが、オベール伯は怪我したばかりの妻を一人にしなかったので、そんな機会はなかった。別の人とダンスをすることも、させることもないという徹底ぶりだ。

「ブリジット、少し行ってくるね」

「うん、いってらっしゃい」

ラファエルがダンスに誘われて、中央のフロアの方に行く。

わたしは壁際でジュースを飲みながら、考え事をしていた。

後日、カロリーヌ様をお家に招待するか何かして、話し合う場を設けるしかないのだろうか。

ただオベール伯も気が立っているだろうし、わたしの精神的にも、しばらくは難しそうだ。

それとも、あくまでわたしたち夫婦の道は決まったのだから、このまま有耶無耶《うやむや》にしておくのも手なのだろうか。

そう割り切れるのかは、分からないけれど。

そんなことを思いながら、この日の舞踏会は終わった。


そして、その二日後――お休みの日だが、ラファエルはお仕事でいない昼間のことだった。

「おい、ブリジット。ベルナールだ」

自室にいると、扉をノックされた。

開けると、ベルナールが少し困ったような表情で立っている。

「庭に行こう。話がある」

「え？　う、うん」

首を傾げながらついて行き、以前相談する時に使ったガゼボに入る。

ベルナールはあたりを見回してから、テーブルの上に手紙を置いた。

「あー……その、よく俺がパートナーにしてる人がいるだろ。そいつから手紙が来て、やけに分厚いと思ったら、オベール夫人からの手紙も入ってたんだ」

どくん、と心臓が脈打ち、冷や汗が流れる。

オベール夫人――カロリーヌ様だ。どうして、ベルナールに手紙を？

「その人と夫人は親戚みたいで、代わりに出すよう頼まれたらしいんだが……まあ、それはどうでもいい。中に、お前宛のものがさらに入っててな。それがこれだ」

そう言って、テーブルの上の手紙に視線を下ろす。

「正直、差出人が分からないように……しかも俺を経由してお前に渡そうとするあたりきな臭くて迷ったんだが、一応、大事な話だったら困るから話した。で、読むか？　読まないなら、俺がこのまま処分するが」

まるであの日の、カロリーヌ様とラファエルが絡み合っていた部屋の前にいるようだった。

当時はあの中で何が行われているのか分からなかったけれど、今は知っている。

この手紙の内容は分からない。でもこれを開けば、あの時のようにまた新しい、けれどわたしが傷つく事実に近づくというのが、本能的に分かった。

ごくりと唾を飲み込む。

これを開けなければいけないと思うのに、手が震えて上手く動かなかった。

呼吸が浅くなって、逃げたくなる。

でもここで逃げたら……わたしは、また知らないままになる。

あの時も二人がいる扉を開けず、ラファエルが裏でやっていることを知らないままだったら、わたしは能天気に生活し続けられただろう。

でも、それが良いとは思えない。

知らない方が幸せなことも世の中にはあるのだろうし、知ったことで不幸になることもあるのだろう。
それでもわたしは、自分に関係することは知っておきたい。
顔を上げると、ベルナールの真っ直ぐな瞳と目が合った。
その表情は心配そうなものだったが、わたしは不思議と、背中を押された気がした。
「……読むわ」
手紙を手に取り、ゆっくりと開いた。

第四章　再度の裏切り

便箋にびっしりと書かれた文字を、上から目でなぞっていく。

ブリジット
突然ベルナールから手紙を渡されて、驚かせてしまったでしょう。

ラファエルはわたくしとあなたが繋がらないように目を光らせているだろうから、こういう手段をとりました。

先日はごめんなさい。とても嫌な気持ちにさせてしまったでしょうし、色々と大変だったでしょう。

でもあなたに、あの男がどんな人間なのかを知らせたかったのです。

彼は昔から、罪悪感なく、多数の女性と深い関係になれる人でした。

よくあなたの話を聞かされていたので、あの人の本命は間違いなくあなただろうと思っていました、彼もそういう生活のことは上手く隠しているようでしたから、幸せなら、そのまま何も知らずにいる方があなたのためではないかと思っていました。

けれどあなたの身がまだ純粋なら、人生をやり直した方が良いのではないかと思ったのです。

あなたはまだ若くてかわいいのだから、一線を越えていないのなら、紙面だけの過去を受け入れてくれる人もいるでしょう。

あの男に人生を捧げるのは、もったいないのではないかと思ったのです。

あなたは、わたくしたちのような割り切った関係は許せない人でしょうから。

なんて、閨女に言われても不快に思うだけでしょうね。

ひとつ、最後にお伝えします。

舞踏会の様子からして、あなたたちは夫婦としてやり直すつもりなのでしょう？

しかし彼は、まだ秘密の逢瀬を続けています。

今日、彼は家にいないのでしょう。前回と同じ場所に行ってみてください。

相手はわたくしではないので以前のように手引きはできませんが、上手くやれば確認できるかもしれません。

カロリーヌ

「っ……」

手紙を読み終わる。ぴりぴりと指先が痺れて、呼吸を忘れていたことに気付いた。

はあっ、と息を吐いて、また吸う。それに集中しなければ、破り捨ててしまいそうだった。

視界が狭まって、手紙しか目に映らない。

それでも目の前にベルナールが座っているのは分かっているから、感情を抑えようと深呼吸を繰り返す。

一人だったら、大声を上げて物にでも当たっていただろう。

分かっている。一番悪いのは、わたしがいながら他の女性と寝たラファエルだ。彼がわたしを裏切ったから、こうなっている。

でもカロリーヌ様だって、ラファエルにわたしがいることを知っていて、それでも彼と寝ることを選んだ。

どちらから関係を持ちかけたのかは分からないが、そういうことをした時点で共犯であり、同罪だろう。

人を傷つける行動をして、そしてそれを、わざわざわたしに知らしめて。そんなことをした彼女が送ってきた手紙が、こんな内容で。

わたしは、自分に関わることであれば、不幸になってしまうことでも知っておきたいと思う。

それは確かだけれど、だからといって教えてくれてありがとう、とは思わない。

だって手紙にもあるとおり、そんなことをしたら、わたしたちの生活が壊れることは彼女も分かっていただろう。

彼女の言い分も、分かるところはある。

不貞ばかりの夫と結婚して、本当に幸せになれるはずがない。

実際、やり直そうと思ったものの、とても難しいことなのだと実感している毎日だ。

でも、それは不貞をしていたあなたが言えること？　そもそもラファエルと寝るべきではないのに寝て、それを妻のわたしに教えて、その言い訳がこれ？

わたしのことを思って、みたいな書き方をしているけれど……それが本当でも嘘でも、わたしのことを思ってくれているのならば、そもそもラファエルと関係を持たないことが一番だったのではないの？　なのに、何を言っているの？

嫌な耐性がついてしまったのか、あの日の夜ほどの衝撃はないからか。

わたしの心の中は、戸惑いではなく怒りで満たされていた。

しかも、最後の言葉。ラファエルは、またわたしを裏切っているのかもしれない。

今は、これについて考えないと。冷静になって。落ち着いて、わたし。

手紙を折って、両手を握り締めた。

「大丈夫か？」

「……ええ、ええ。大丈夫よ、大丈夫ですとも……」

まるで、自分に言い聞かせているようだった。

またカロリーヌ様にいいように動かされているようで嫌ではあるが、『満月』に行こう。

一旦、彼女への怒りは置いておく。

今は彼女のことではなく、わたしとラファエルの今後のことに目を向けなければ。

これが彼女の戯言ならば何も問題はないし、もし本当ならば……もう、わたしたちはこれで終わりだろう。

人はそれぞれ価値観が違うから、すれ違ってしまうこともある。

ラファエルは、自分が他の女性と身体を重ねることを、大したことではないと思っていた。だから、行為に及んだ。

でもわたしは、夫がそんなことをするなんて許せない。

それを伝えると、ラファエルはわたしの希望を尊重すると言ってくれた。

だから、やり直せると思ったのだ。

わたしもまだラファエルに情があったから、今回で判明した価値観のずれを少しずつ擦り合わせて、元の夫婦に戻れるよう、一緒に頑張ろうと思っていた。

でも、それを裏切られるのなら、わたしたちはもう、夫婦ではいられない。

ラファエルだって、流石に次はないと分かっているはず。

だから、これはきっと嘘だ。嘘であって欲しい。

「……少し、出かけてくる」

早く行かなければ。

わたしが立ち上がると、ベルナールも慌てて席を立った。

「おい、待て。何があった？　そんな顔でどこにいくつもりだ」

「大丈夫よ。少し出るだけだから」

ベルナールに説明している時間も惜しい。

わたしは足早にガゼボを出た。

もうすぐ昼時だ。早く向かわなければ、ラファエルが『満月』を訪れるタイミングに間に合わないかもしれない。

「待てって！　最近、街の治安が悪いのは知ってるだろう？　一人は危ないって。せめて、どこに行くのかは教えてくれ」

わたしの後ろを、ベルナールがついてくる。

『ブリジットも気を付けてね。こんなにかわいい娘《こ》が街を歩いていたら、すぐに目をつけられてしまうわ』

彼の言葉を聞いて、舞踏会でカロリーヌ様に言われたことを思い出した。

「それか、俺もついていく！　その手紙に何かやばいことが書いてあったんだろう？　様子がおかしいって。治安のことがなくても、一人にさせられねぇよ」

確かに、昼間だし馬車を使うつもりとはいえ、一人では危ないかもしれない。

彼女に言われたことを考えると、もしかしたら、ラファエルの本命だというわたしへの罠の可能性もある気がした。

でも、ベルナールを巻き込んで良いのだろうか。

振り返ると、ベルナールが泣きそうな顔でわたしを見ていたので、思わず足が止まってしまった。

「言っただろう。お前のこと、大切だって。……と、友達だ。一人で行かせて何かあったら、俺……」

切羽詰まっているような声色に、もし逆の立場だったら、わたしも同じことをするのだろうなと思った。

いや、もしかしたら、ただ心細かっただけなのかもしれない。

気付けばわたしは頷いて、ベルナールと馬車に乗っていた。

ベルナールがわたしの向かいに座り、馬が走り出す。

それからわたしはずっと、馬車の外を眺めていた。

昂《たかぶ》った感情は、当然景色を見ても癒されてはくれない。

気を抜けば、つま先で床をコツコツと鳴らしてしまいそうだった。ベルナールが一緒にいなければやっていただろう。

そうだ、ベルナールにはどう説明しよう。

彼の様子を窺うと、足を組んで、その膝に肘をついていた。つま先がぷらぷらと揺れ、目が泳いでいる。

きっと、何があったのか気になっているものの、気を遣って聞けないのだろうと想像がついた。

頭が働かないからどう誤魔化せば良いのか思いつかないし、ここまで来てくれたのに嘘をつくのも申し訳ない。

わたしは勢いのまま、カロリーヌ様からの手紙をベルナールに差し出した。

ベルナールはいいのか？　というように上目遣いで見てくる。

手紙を見せるのも、人の秘密を誰かに教えるのも良くないのでは、と一瞬思った。

けれど、どうしてわたしを裏切った人たちに配慮しなければならないのだろうと馬鹿馬鹿しくなって、むしゃくしゃした気持ちのまま手紙を押し付ける。

「……読むぞ」

わたしが頷くと、ベルナールは深呼吸をしてから手紙を開いた。

視線が下がっていくほど、眉間に皺が寄っていく。

そこには困惑と怒りが見えて、ベルナールには悪いが、この重い事実を共有する仲間ができたようで、少しだけ心が軽くなった。

「これ……兄上、のことなんだよな……？」

「そうよ」

頷いて、もうここまで来たら何も隠すことはないだろうと、全てを話した。

「以前、カロリーヌ様に誘われて宿屋に行ったら、ちょうど彼女とラファエルがしている最中だったの。でもラファエルはあくまでそういう欲の発散だけが目的で、わたしのことだけを愛しているって……。だから、もうそういうことはしないって約束して、やり直そうとしていたの。そこに、この手紙が届いたのよ」

「兄上が……そんな……」

ショックを受けた様子が、以前のわたしのようだった。

そう思った時、わたしの頬に涙が流れていることに気付く。

やっぱり、ラファエルは弟のベルナールから見てもそんなことをする人ではなかったのだと思うと、不思議な切なさがあった。本当に、どうしてこんなことになったのだろう。

「あ、ち、違う！　ブリジットのことを信じてないとか、そういうわけじゃなくて……」

わたしの涙を勘違いしたようで、ベルナールは慌てて首を振った。

「ううん、大丈夫。本当のことだって分かっていても信じられない気持ち、分かるもの。わたしも、最初は意味が分からなかった。悪い夢でも見てるのかなって思ったし……わたしが知らないだけで世の中そういうものなのかなって、思いかけたりしたもの」

ベルナールは、はっと息を呑んだ。

「もしかして、この前言ってたやつ……」

「ええ、ラファエルのことよ」

「あいつ……」

拳を握って震えるベルナールに、救われるようだった。

また涙が溢れそうになって、ハンカチで押さえる。

一人で悩みながらなんとか生きていたようなものだったから、同じように怒ってくれる人の存在が、どれだけありがたいことか。

「待て、じゃあこれから、あいつと女がいるところを……不貞の現場を見に行くってことだろう？」

「ええ。『満月』っていう宿屋なんだけど……見張っていれば、出入りするところを見られるんじゃないかなって。仕事しているはずなのに宿屋に行っているだけでも、黒と思っていいわよね？」

「……まあ、そうだな。だが、オベール夫人が本当のことを書いているとも限らない。もちろん、本当かもしれないが……」

ベルナールは考え込むように一度瞼を閉じて唸ったあと、わたしを見つめた。

「一応、手紙にお前への恨み言はないが……普通に考えたら、夫人にとってお前は邪魔者だろう？お前を宿屋に誘《おび》き寄せて、陥れようとしている可能性もある。それがどういうものかは分からないが……。あっ、もしかしたら俺経由で手紙を渡せば、こうなることが分かっていたのかもしれない。男女で宿屋なんて、近くにいるだけでも外聞が悪いだろ」

「なるほど……」

確かに、わたしとベルナールが二人で宿屋に入るところを誰かに見られたら、それだけであらぬ疑いを持たれそうだ。

彼女の台詞もあって、最近の治安の悪さに便乗して襲われる心配ばかりしていたが、そういう罠の可能性もあるだろう。

「だが、確認しない選択肢はないんだろう？」

「うん。このまま何もしないで家に戻るなんてできないわ。それに疑われたって、わたしたちにやましいことなんてないし……」

ベルナールが視線を逸らした。

「……分かった。何にせよ、この格好のままは駄目だろう。兄上にもすぐ俺たちだってばれる」

「あ、確かに……」

あのままの勢いで家を出て来たから、わたしは部屋着のドレスのままだし、顔や服を隠す外套も持っていない。

感情的になりすぎたな、と反省する。

「先にどこかで服を調達しよう。それから『満月』を張る。これでいいな？」

「うん」

射貫くような強い瞳と真剣な表情に、彼がどれだけわたしを大切に思ってくれているのかが表れていた。

いつの間にか、身体を震わせるような怒りも落ち着いている。

夫にまた裏切られた――かもしれないけれど、こうしてわたしの味方になってくれる友達がいて、本当に良かった。

御者に『満月』の方向にある服屋に寄るよう頼む。

何も考えていなかったが、彼はエルランジェの御者なわけで。

わたしたちを乗せて『満月』に向かっている時点で、誤解されていそうだなと気付く。

とはいえ、やましいことはないから大丈夫だろう。

もしわたしたちに不利な噂が流れたところで、実際にそういうことをしていたのはラファエルたちなのだから、それを明るみにしてしまえばいいだけだ。

こちらには、カロリーヌ様からの手紙だってある。

馬車が商店の通りに止まると、わたしたちは平民が使うような服屋に入って、店員に街中を歩いていても違和感のない服を選んでもらった。それから、大きなフードがついた外套も買う。

『満月』まで歩いて行ける距離だったので、顔を隠して向かうことにした。

馬車には、このあたりで待機してもらう。『満月』の近くに止めると、ラファエルにエルランジェのものだとすぐにばれてしまうからだ。

もし誰かに襲われたらどうしよう。なんて考えて周囲を警戒しながら歩いていたが、そういうことはなく——思っていたよりもあっけなく『満月』に辿り着いてしまった。

二人で『満月』に入ると、広いロビーに迎えられる。

ソファやテーブルがたくさんあって、待ち合わせをしていそうな一人の人も、何かを話し合う貴族らしい装いの人たちも、テーブルの上に物を雑多に広げた冒険者らしき人たちの姿もあった。

「あのカウンターの奥から、寝泊まりする小屋がある敷地に入れるの」

「へえ。おもしろい宿だな」

わたしたちは、出入口から受付までの動線が見える位置に座った。

ベルナールは『満月』と外を隔てる扉を、わたしは敷地内へと通じる扉を見る。

今の時間は、だいたい十三時くらいだ。

ラファエルは今日、夜には帰って来ると言っていた。これからここに入ってくる可能性も、もうすでに中に入っている可能性もある。

わたしたちは黙ったまま、ラファエルの姿を見逃さないように目を光らせた。

女性が一人で出入りする姿を見るだけで、心臓が止まりそうになる。

だってもしかしたら、中でラファエルと落ち合う約束をしている人かもしれない。

手が震えて、それは別に寒さの所為ではないのだけれど、なんとなく両手をごしごしと擦り合わせた。

「飲み物でも頼むか？　なんか、俺ら浮いてる気がしてきた」

「そうね、その方がいいかも」

考えてみれば、微動だにせず扉を見つめる、顔が見え難い二人組はかなり怪しい。

「無難に紅茶でいいか？」

紅茶だと、お手洗いが近くなってしまう。

「ジュースで。なんでもいいわ」

「分かった」

ベルナールがカウンターに行って、飲み物を注文してくれている時だった。

出入口と敷地内の扉の両方を気にしていると、外から一人の男性が入って来る。

その男性が着ていた外套は、あの日にラファエルが持っていたものと同じに見えた。

息を呑みそうになったが、不自然にならないよう、普通の呼吸を心がける。

フードを被っていて顔は見えないものの、その背丈や身体の厚みはラファエルと瓜二つだ。

自分の指先を見つめながら、視界の端に男性の姿を映す。

宿の受付のカウンターと飲み物を頼むカウンターは、横に並んでいた。

ベルナールは注文が終わって、近くで受け渡しを待っている。

もしあの男性が本当にラファエルなら、横にいるのが弟だと注文の声で気付かれていたかもしれない。

良いタイミングだったと胸を撫で下ろす。

男性は受付で鍵を受け取って、敷地の中に入って行った。

それからベルナールが飲み物を受け取って、テーブルに戻ってくる。そして、こそこそと話しかけてきた。

「おい。さっきの男、受付と話す声が聞こえたんだが、兄上だと思う」

「や、やっぱり？　背丈とか雰囲気とか、それっぽいと思ったの」

「待ち合わせをしていて、これからもう一人来るっていう話をしていたぞ」

ひどい頭痛がして身体がふらつき、ベルナールに支えられる。耳鳴りまでしてきた。

「大丈夫か？」

「うん……」

カロリーヌ様の手紙どおり、もうしないと約束したあとも、こうして女性と会っていたのだ。

だってお仕事だったら、こんなところにくる必要がないもの。ないはずよね？

「あの……打ち合わせとか取引でこういう場所を使うことって、あるものなの？」

「普通ないと思うが……」

「そう、だよね……」

手紙を読んであれだけ怒ったし、本当にラファエルがこの場に現れるようなら、それでわたしたちは終わりだと思っていた。

なのにここに来てわたしは、何かの間違いであって欲しいとも思っている。

頭ではラファエルは黒だと分かっているし、まともな人ではないことも分かっている。失望や、怒りの気持ちもある。

でも頭の隅で、顔までは見ていないから本当にラファエルなのかは分からないわよねとか、待ち合わせの相手は女性ではないのかもしれないとか、そんなことを考えてしまうのだ。

どうしてなのか、自分でも分からない。

こんなことになっても、まだわたしの中にラファエルを好きな気持ちがあるのだろうか？　まだ現実を受け入れられていないだけ？

頭では分かっているのだ。女性と寝ることを性欲処理だと言って、平気で暴力を振るって、妻であるわたしを裏切って。そんな人と家族としてやっていくなんて、やめた方がいい。

でもラファエルは、悪いだけの人じゃない。ずっと、わたしには優しくしてくれた。

可愛がられていた記憶が、彼に抱いていた感情が、邪魔をする。

割り切らなくてはいけないのに。

どれだけわたしに甘かった思い出があっても、それはまやかしだ。

彼の本性は、ああいう人なのだ。

現に、わたしに耳あたりの良い誓いを立てるふりをして、こうして不貞を繰り返している。

なのに心のどこかで、彼の無実を信じたい自分がいる。

わたしは弱い人間だ、と瞼を閉じた。

ベルナールとは違って、自分の感覚に自信が持てない。正しいはずのことを、決断できない。

こんな心持ちでラファエルに不貞を問い詰めたところで、また言いくるめられてしまうだけだ。

証拠はないでしょう、勘違いだよって。

だったら、現実を見れば良いのではないだろうか。

嫌な思いをするかもしれない。傷つくかもしれない。けれど、彼は関わってはいけない人だと、しっかりと認識しなければいけない。

今までの情を捨てられるほど、彼に失望しなければいけない。むしろ、失望したい。

「……部屋の番号は聞こえた？」

「三って言ってた」

また三なのか。カロリーヌ様と会っていた場所もそこだった。

やるせない気持ちもあるが、幸運でもあった。

三番の小屋を見つけようとあのあたりの部屋の看板を確認していたから、近くの小屋の番号も覚えている。

「……わたしも、中に入ろうと思う」

まだ頭は痛いが、問題ない。

ベルナールから離れて、自分の足で立った。

「ベルナールは、ここにいていいよ。まだ確信を持てないから、わたしはもう少し確認したい」

わたしがジュースを一気に飲むと、ベルナールも持っていた飲み物をぐいっと飲み干した。

「ここまで来たんだ。俺も行く。お前、一人にすると何しでかすか分からないからな」

「……ありがとう」

正直、助かる。ベルナールがいなかったらとっくに失敗していただろうし、仲間がいるのは単純に心強い。

わたしたちは二人並んで、受付のカウンターに声をかけた。

「あの、宿泊したいのですが」

「はい。どのようなお部屋がよろしいでしょうか」

「二番か、五番の部屋は空いていますか？」

たしか、その二つが三と近かったはずだ。近いといっても、すぐ隣とは言えないような距離だった気はするけれど。

「二番なら空いております」

「では、そこで。大人二人で……一泊です」

「かしこまりました」

鍵を受け取る手が震える。

カウンターを開けてもらって、中に入った。

わたしたちは無言で東に進み、二番の小屋を見つけた。三番の小屋と近くて、部屋によっては玄関が見えそうだ。

それぞれの小屋の向きまでは覚えていなかったから、ここが空いていたのは運が良かった。

小屋に入ってすぐに三番の方向にある部屋へ行き、窓の外を見た。

やっぱり少し遠いが、玄関はしっかりと見える。

カーテンを引いて、その隙間から様子を窺った。

「……あのさ」

「うん？」

手持ち無沙汰になったのか、ベルナールが話しかけてくる。

「その……もし、兄上が……あー、やってたとして……お前、どうするんだ？」

わたしは、離婚するべきだ、と思っている。

そのあとどうするのかという問題や不安はあるものの、このまま夫婦関係を続けたところで、何にもならない。

彼の本性が攻撃的な人であろうとも、わたしにさえ誠実でいてくれれば、まだ希望はあったのかもしれない。

しかしそうではなかったのだとしたら、彼とはもう、幸せにはなれない。

きっとこの先、彼との間に子どもをもうけることもないのだろう。

それはラファエルの意思とわたしの感情、両方のせいで。

であればどのみち家には迷惑をかけるわけで、だったら離婚して次の男性と子どもを作る方が、まだ良いだろう。

自分の背中を押すつもりで、口を開いた。

「……離婚するしかない、と思う。色んなところに迷惑をかけるし、その、次の相手が見つかるかどうかも分からないけど……でも、もう夫婦ではいられないもの」

「っ……」

ベルナールは何かを言いかけたが、口を噤《つぐ》んでしまった。

「ごめんね、巻き込んじゃって」

そう言うと眉をぐっと寄せて、首を振った。

「いいって。俺が首を突っ込んだんだし、悪いのは兄上やオベール夫人だ。お前は悪くない。謝るな」

「……ありがとう」

ベルナールがいてくれて良かった、と心から思った。

彼がいなかったら、不貞の現場を目撃した翌日にラファエルと話し合うことも、ここまで来ることもできなかっただろう。

一人だったら、この重い現実に耐えられなかったと思う。

「むしろ、俺の方こそごめん。兄上がそんなことをしていたなんて……気付けなかった」

「それこそ、ベルナールは悪くないわ。知りようもなかったし、わたしたちも隠していたし……。それにこれは、ラファエルの問題だもの。家族だからって、あなたには関係ないわ」

「……そう、だな」

なんだかしんみりとしていると、三番の小屋にフードを被った人影が近づいた。外套のデザインやシルエットからして、貴族の女性だろう。

わたしたちは息を殺して、様子を窺った。

女性は三番の小屋の玄関前に立つと、ノックをした。

少しすると、扉が開いて——その先にいたのは、外套を脱いだラファエルだった。朝、家を出た服のままだ。

「っ……！」

わたしは、両手で口を押さえた。

女性がラファエルに抱き着いて、彼はそれを抱き止めたのだ。

そのまま腰を撫でながら、笑って話している。そして女性の顔が上を向くと、ラファエルはフードの中にキスをした。

それから二人で小屋の中に入り、扉が閉まる。

肩が震える。

どうすれば良いのか分からなくて、目の前で起こった出来事を否定するように首を振った。

なにあれ。なにあれ。なにあれ。あんなのもう、何の言い訳もできないじゃない。女性とあんな近い距離で触れ合って、キスをして。中で何をしているかなんて、確認する必要もない。もう、あれだけで駄目じゃない。

「……信じられない」

涙と一緒に、絞り出されたような声が漏れた。

ラファエル本人ではないかもしれないとか、不貞ではないかもしれないとか、そんな、少しだけあった可能性も潰《つい》えたのだ。

悪気なく不貞をしていて、それがわたしにばれて。嫌だからもうしないでね、って言ったわたしの言葉に頷いたのは、あなたじゃない。わたしがあなたを信じられるように精一杯尽くす、って言ってくれたじゃない。

やっぱりそれも、嘘だったんだ。その場しのぎで嘘をついて、裏でまた女性と会って、閨を共にして。わたしのことを、裏切っていたんだ。

どうして？　わたしのことを愛していると言うのなら、それを証明してよ。

どうしてわたしが嫌がることをするの？　ばれなければいいとか、そういう問題ではないでしょう？　そんなことされたら、もう信じられないよ。

産まれてからずっとラファエルの婚約者として生きてきて、結婚して、やっと夫婦になれたのに。

わたしの今までは、何だったの？

「はっ、はっ……はーっ……は、はっ」

呼吸が荒くなって、苦しくなる。

「ブリジット！」

崩れ落ちた身体を、ベルナールが抱き止めてくれた。

「しっかりしろ。深呼吸だ、深呼吸。ほら、大きく吸って……吐いて……」

壁にもたれるように座らされて、肩を掴まれた。

言われるがまま呼吸をしていると、段々落ち着いてくる。

顔を上げると、涙でぼやけた視界の中で、灰色の瞳と目が合った。

『わ、わたしが……ラファエルのことが好きよって言いながら他の人とそういうことしてたら、い、嫌じゃないの？』

『駄目だ！！！』

ラファエルと話していたことを思い出す。

そうよ。ラファエルだって、例え話を出しただけであんなに嫌がっていたじゃない。

だったら、わたしの気持ちも分かるはずよね？

自分は妻にそういうことをされたら嫌だって思っているのに、それを棚に上げて、自分はやっている。おかしいじゃない。そんなの、不公平よ。

……あなただって、わたしと同じ思いを、すればいいじゃない。

「ベルナール……」

「ああ。なんだ？」

わたしを気遣う優しい声に、胸を締め付けられる。

瞬きすると溜まっていた涙がぽろりと零れて、視界がはっきりした。

ベルナールは心配そうな顔をしながらも、わたしの呼吸が整ってくるとほっと息をついた。

ごめんね、ベルナール。こんなことを言っても困らせるだけだって、分かってる。

でも、わたしの口は止まってくれなかった。もう、何もかも限界だった。

「あのね……わたしのこと、抱いてくれる？」

「……は？」

ベルナールが目を見開く。

わたしは、ベルナールの胸に顔を埋めるように抱き着いた。

それは、恥ずかしさと罪悪感にいたたまれなくなったからなのか、誘惑しようとしたつもりなのか。人の温かさに触れて、安心したかったのか。自分でも分からない。

ただ、身体の底から湧き上がるような激情を受けて、勝手に動いていた。

どくんという彼の心臓の拍動が伝わってきて、服越しの体温がカッと熱くなる。

自分から誘ったくせにその反応は予想外で、おずおずと顔を上げた。

「っ……」

ベルナールの顔は真っ赤に染まっていて、ごくんと喉仏が上下した。

背中と後頭部に手を回されて、胸板に押し付けるように抱き締められる。

彼のどくどくと強くて速い鼓動がわたしの身体に響いて、釣られるように熱くなった。息遣いも荒くなっているように感じる。

もしかして、このまま本当にするのだろうか。

自分で言い出したことなのに、今の状況が信じられない。

お、お風呂とか、どうしよう。このまま？　下着も、どんなものをつけていたのか思い出せない。

というか、本当にベルナールとしてしまうの？　友達で、義弟なのに。

「ブリジット……」

なんだか熱のこもったような声で名前を呼ばれて、肩が跳ねる。

ううん、むしろ、ベルナールだからいいのかもしれない。他に信頼できる男性なんていないもの。

ベルナールなら、女性にひどいことをするはずがないと信じられる。怖くはない。

ああ、でもラファエルが怒ってわたしに何かするのはわたしの自業自得だけれど、ベルナールに怒りの矛先が向かうのは申し訳ない。わたしが巻き込んだだけなのに、危険な目に遭わせてしまうかもしれない。

やっぱり、やめるべきでは……

そんなことを思っていると、わたしを押し返すように、身体を離された。

「や、やっぱり駄目だ、ブリジット。そんなことをしたら、兄上たちと同じになっちまう」

「あ……」

そんな至極真っ当なことを言われて、わたしを突き動かしていた復讐心が萎《しぼ》んでいくのが分かった。

「あ、う、うん……そ、そうだよね……。ごめんなさい」

冷や水をかけられたように、一気に冷静になる。あまりの衝撃と怒りに、我を忘れていた。

正気に戻ると、わたしはなんてことをしたのだ、と後悔と羞恥でどうにかなってしまいそうになる。

顔が熱いのに、血の気が引いている感覚もあった。穴があったら入りたい。むしろ、もう消えてなくなりたい。

わたしは、唯一の友達との友情を壊しかけたのだ。もう駄目かもしれない。こんなことを言う女だったのかと、軽蔑されたかも……

「本当に、ごめんなさい……。なんだか、混乱して……。あの、やりかえしたくなったというか……おかしくなっていたの……」

両手で顔を覆って言い訳をしていると、ベルナールは「あー……」と困ったような声を出したあと、言葉を続けた。

「いや、その……気持ちは、分かるというか……でも、そう自暴自棄になるな。その辺にいた男じゃなくて、しかるべき手順を踏んで、ちゃんとした奴とだな……」

「その辺にいた男というか……」

誰でもいいわけじゃないんだよ、と言いそうになって、流石にそれは何か勘違いさせるのではないかと気付いて口を噤《つぐ》む。

「あ、ううん……。ごめん、ありがとう。相手がベルナールで助かった……」

本当に申し訳なかったけれど、彼に失望されなくて安心した。

「……ああ」

そして、しばらく沈黙が続いた。

床の木目を眺めていると、ベルナールが口を開く。

「で、その……兄上とは離婚する、ってことだよな?」

質問に答えなければと、脳が動き始める。

「……そうね。離婚、するしかないかな……。お義父様お義母様も、両親も、許してくれるかな……」

「……後継者を作ろうともせずに不貞を繰り返していたんだ。流石に親たちは強く反対しないだろ。むしろそっちとしては、次を探した方が良いってならないか？」

そういえば、カロリーヌ様の手紙にはわたしたちがまだ男女の関係を結んでいないことも書かれていたなと思い出す。

何も考えないまま手紙を渡してしまったが、ベルナールに夫婦の性関係を知られてしまい、いたたまれない気持ちになる。

いや、していないのにしていると思われる方が嫌な気もするから、いいのだけれど。

「そうかもしれないわね。でも、見つかるかどうか……。わたしがエルランジェに嫁ぐのはみんな知っていたし、身近な思い当たる相手がまったくいないのよ」

「……そうだな」

ベルナールが俯く。

わたしはなんだか落ち着かなくて、指先を擦り合わせた。

「だから……なんとか、離婚歴のある女でも結婚してくれる人を探すしかないわね。とりあえず、血筋を繋げるためだと割り切るしか……。遺言のことで、色々言われてしまうんでしょうけれどね」

先のことを思うと、また涙が溢れてきた。

決められた相手だろうと、好きな人と幸せな結婚ができたと思っていたのに、どん底だ。

このままラファエルと夫婦でい続けても、離婚して新しい人と結婚しても、わたしはもう幸せな夫婦生活を送ることはできないのだろう。

だったらせめて、子どもは作らないなんて変な駄々をこねずに、最低限シュヴァリエ伯爵家直系の血を絶やさないでいてくれる相手の方がましだ。

だが、そもそもラファエルは離婚してくれるのだろうか。

離婚が認められる条件はいくつかあるが、今はそのうち、不貞の証明と、清い関係が続いているという、二つを満たしている状態だ。

不貞に関してはベルナールが証言できるし、それが認められなくても、オベール伯を巻き込む覚悟で手紙を提出すれば良い。清い関係なのは、言わずもがなだ。

しかし当てはまる条件があるというだけで、双方の合意なく離婚できるわけではない。ラファエルの同意も必要になる。

一応、清い関係が三年続けば婚姻自体を無効にできるから、もう一年経てば確実に離婚することができるが……

どちらにせよ、ラファエルは大人しく引き下がってくれるのだろうか。

未来を思って絶望していると、なんだかそわそわした様子のベルナールが口を開く。

「あ、あのさ！」

「う、うん……」

大きい声にびっくりしながらベルナールを見ると、先程のように顔を真っ赤にしていた。

「その、兄上の他に想ってるやつとか、再婚相手に思い当たる奴も、いないんだろう？」

「え、ええ……」

「だ、だったら……お、俺とっ、結婚しないか!?」

何を言われたのか一瞬理解できなくて、ベルナールを見つめたままぱちぱちと瞬きした。あまりの驚きに涙も止まる。

するとベルナールは、捲《まく》し立てるように続けた。

「お、俺だって、エルランジェだ。遺言のことでとやかく言われることもないし、お前のこともよく知ってる。お前だって俺のことをよく知ってるし……家族のことだって！　全然知らないよく分からねぇ男と結婚するより、俺の方がまだいいだろ!?　絶対、兄上みたいなことはしない！　ずっと大切にする！　次男だし、父上が認めてくれれば婿に入ってもいい！　だから、他にいないなら、俺が、いいんじゃないかって……！」

言い終わると、全力で走ったあとのように、肩を揺らしながら息をしていた。

確かにベルナールは、わたしにとっては都合の良い相手だった。婿に来てくれるのならば、尚更。

ラファエル相手に子どもは望めないし、わたしの両親がベルナールとの再婚に反対する理由はなさそうに思う。

ただ、ラファエルが将来エルランジェ伯爵になるわけだから、家同士の付き合いはほぼなくなるだろう。あ、でもそれは、ラファエルと離婚する時点でそうなるか。

いやでも、それより――

「ベルナールは、いいの？　ずっと好きな人がいるって……」

つい先程まで頭から抜けていたが、彼には想っている人がいるのだ。

諦めているとは言っていたものの、ベルナールにとって大切な感情だろう。

それが伝わっていたから、ラファエルの尻拭いのような形でわたしと結婚させるのは申し訳ない。

そう思って言ったのだけれど。

「俺が好きなのは、お前だよ！　いい加減に気付け、馬鹿！」

「えっ……えっ、えええ!?」

そんなことを言われて、自分でもよく分からない感情のまま声を上げてしまった。

どっどっどっと心臓が暴れる。

ベルナールが顔を上げて、震えたままわたしを見つめた。

何か返事をしなくては、と口を開く。

「ば、馬鹿ってなによ……！」

全然思考がまとまってくれなくて、どうでもいいところを口に出してしまった。

ベルナールもまさかそう返されるとは思っていなかったようで、泣きそうな、怒っているような、変な顔をして叫ぶ。

「わ、悪かったよ！　でも、そこじゃないだろ！」

「うう……だって、なにも考えられなくてぇ……」

顔が発火しそうに熱くて、両手でぱたぱたと扇ぐ。

ベルナールが、わたしのことを好き。

じゃ、じゃあ、今までベルナールが語っていた想い人っていうのは、わたし？

ずっと好きだと言っていたけれど……ずっとっていつから？

あれ、というか、だったらわたし、今までかなり無神経なことをベルナールに言っていたのでは？

ここ最近のことが、頭の中を駆け巡る。

とてもベルナールの顔を見られなくて、彼の足元を見つめたまま口を開いた。

「ご、ごめん！」

「っ……！」

頭を下げると、ベルナールが息を呑んだ。

「あの、全然、知らなくて……。わたし、すごく無神経なこと言ってた……よね？　ごめんなさい。きっと、傷つけちゃったこととか、あったよね……？」

ベルナールがほっと息を吐く。

「……それについては、別にいい。告白したわけでもないし、俺だって、ばれないようにと思って接してきたし……気にしてない」

そう言ってくれたので、頭を上げる。

目が合うと、ベルナールは眉をぐっと寄せた。

「子どもの頃から好きだったんだ。でも当然、お前は兄上と結婚することが決まっていたし……兄上のことが好きなんだろうなってことも、すぐに分かった。だから、お前とどうなりたいとか、想いを分かって欲しいとか、そんなこと思ってなかった」

そう話しているうちに、ベルナールの瞳が潤んでいく。拳を震わせながら、言葉を続けた。

「だから、兄上がお前を幸せにしてくれるなら、それで良いって思ってたんだ。兄上とお前の幸せを壊してまで、俺の気持ちを押し付けるのは違うって……。でも、そうやってお前が泣かされてるのなら、黙ってられねぇよ……！」

ぼろ、と彼の目から涙が零れ落ちる。

「それでもお前が兄上を好きって言うなら、少しは、考えたけど……でも、離婚するつもりなんだろう？　だったら、俺を再婚相手として考えてくれ。難しかったら、もし他にいい奴がいなかった時の最終手段でもいい。さっさとあんな奴と別れて、幸せになるべきだ！」

ベルナールの叫びが、雷のようにわたしの身体を貫いた。

胸がきゅううっとして、全身が心臓に引き込まれているような感覚になる。

もしかしたら、恋に落ちるってこういうことなのかもしれない。

ベルナールと再婚するなんてまったく思いついていなかったのに、今はもう、そのことしか考えられない。

こんなに一途で、健気で、人の幸せを願える人が、他にいるのだろうか。

『……元から、諦めてはいるんだ。その人は、俺とは結ばれない人だから……。どうこうなろうなんて、思ったこともない。ただ、ずっと……今も好きで……そんなんで他の女性《ひと》となんて、その女性《ひと》に失礼だろ』

この前の舞踏会の時、彼の想い人はなんて幸せなのだろうと羨ましくなった。わたしも、そういうふうに愛され、愛したかったと思っていたのだ。それが、わたしのことだったなんて。

ずっと、わたしのことをそう想ってくれていたのだと思うと、今まで彼と過ごした何でもなかったはずの時間が、急に輝かしく、愛おしいものに感じた。

子どもの頃、一緒に遊んだこと。

初めての舞踏会のあと気落ちしていたけれど、ベルナールとじゃれている間にいつもの調子を取り戻したこと。

結婚式の時、誰よりも、ベルナールの似合っているという言葉が自信をくれたこと。

ベルナールにラファエルの相談をしたことで、わたしの感覚が間違ってないと再確認できたこと。

……ベルナールになら、抱かれても良いと思ったこと。

そうだ。今思えば、ベルナールはわたしにとって、ずっと特別だった。他の人にはない、信頼と感情を抱いていた。

当時はまだ恋とは言えなかったのかも知れないけれど、きっとそれが今、恋として花開いたのだ。

今までわたしの幸せを願ってくれた分、わたしが知らずに傷つけてしまった分、幸せになって欲しい。

そして、その相手はわたしが良いと思ってくれているのなら、精一杯応えて、幸せにしてあげたい。

「う、うん……っ、ありがとう、ベルナール。わたしなんかをっ……そんなにも想ってくれて……」

泣きすぎて鼻が詰まったひどい声だったけれど、そんなことは気にならなかった。

そのまま言葉を続けようとしたが、ずんずんと近づいてきたベルナールがわたしの肩を掴んだので、口を閉じる。

見上げると、相変わらず真っ赤な顔で、眉間に皺を寄せていた。

「なんか、じゃない。色々あって、その、今は後ろ向きになってるかもしれねぇけど……お前は昔から、すごい……か、かわ、かわいい、し……」

口ごもりながら恥ずかしそうに言う姿が可愛くて、つい笑ってしまった。

ベルナールはこちらを責めるように睨みながらも、唇を動かす。

「裏表のない、天真爛漫なところとか……人を悪く言えないところとか、見ててもどかしいけど、いいところだと思うし……。そういうとこ、尊敬してるんだ。だから『なんか』なんて言わないで、もっと自信を持ってくれ。好きな奴に、自分を蔑ろにして欲しくない」

痛いほど気持ちの籠もった熱い声と視線を受けて、勢いのまま抱きつきたくなった。

けれど、先程のことを思い出す。

彼が大切だからこそ、不義理なことはしたくない。まだわたしには、その資格がない。

「あの……ありがとう」

手を伸ばして、彼の手を取って握手をした。

小さい頃に何度も繋いだ手は、とても大きくなっている。皮膚が硬くて、関節がごつごつして、剣ダコがあって。男性の手だ。

今になってそれを実感して、さらにドキドキした。

緊張からか震えている彼を、早く安心させてあげたかった。

「わ、わたしも、ベルナールと一緒になりたい……！　ちゃんと離婚できたら……その時もあなたがまだそう想ってくれていたら、わたしと結婚して欲しい……！」

「っ……！」

ベルナールは目を見開くと、わたしの手をぐっと握った。そして力を入れすぎたと思ったのか、慌てて優しく握り直す。

その一連の動きが嬉しくて、可愛くて。

笑みが溢れると、ベルナールは泣きながらはにかんだ。そして、繋いでいる手に視線を落とす。

「……ありがとう。夢みたいだ……」

そう話す声は震えていた。

表情を窺うと、今まで見たことのないふにゃりとした幸せそうな顔をしていて、胸が締め付けられる。

ベルナールの赤い頬を伝う涙に、震える睫毛に、わたしの手を包む熱い体温に、心臓が高鳴る。

恥ずかしくて、そわそわして、けれどそれが心地良くて。

少し前まで普通に接していたのに、どうやっていたのか分からないほどだ。

ベルナールが視線を上げて、目が合う。

その瞬間、視界が明るくなってキラキラした。

「すき……」

気付けば、わたしの口から気持ちが溢れていた。

あまりの恥ずかしさに、手を引こうとする。

でもベルナールの手は離れてくれなくて、慌ててあちこちに視線を走らせた。

ベルナールが何度か深呼吸をして、手を握ったまま跪《ひざまず》く。

何事かと離しそうになった手を引き寄せられて、上目遣いで囁くように言われた。

「ここに……キス、してもいいか？」

「え、あっ、う、うん……」

頷くと、そっと手の甲に唇を押し当てられる。

それ自体は男性から女性への挨拶としてよく行われる、なんの変哲もない行為だ。

けれどそこに込められた想いが伝わってくるように、やわらかい唇の体温から、痺れが腕を駆け上がってくる。ぴくりと指先が震えてしまったのが恥ずかしい。

そしてしばらくすると、唇をそっと離された。

その姿は名残惜しそうに見えて、ふ、と息が漏れる。

するりと手を離して、ベルナールは深い息をついた。

「……愛してる。絶対、俺の気持ちは変わらないから……。今はちゃんと、これで我慢する」

「う、うん……。ありがとう……」

胸がいっぱいで、キスされた手をもう片方の手で包んで頷くのが精一杯だった。

身体中に響くような、ときめきと幸せを噛み締める。

そうしていると無言の時間がしばらく続いて、鼓動が落ち着いてきた。

それと同時に少しずつ、隣の小屋へと意識が向いていく。

「わたし……ちゃんと、離婚するわ。それで、ベルナールと一緒になりたい」

ベルナールが力強く頷いた。

「だから……あそこの小屋からラファエルが出てくるのを待って、離婚のことを言おうと思う」

本当は、家に帰ってから問い詰めるつもりだった。

でも、それだとまた彼のペースに呑まれて、言いくるめられてしまうかもしれない。

同じ場所で不貞をするほどだ。わたしがここに現れるなんて、まったく思っていないだろう。

不意をつけば、彼の調子を崩せるかもしれない。

女性といる現場という、言い逃れできない状況で追及する方が良いのではと思ったのだ。

カロリーヌ様の時のように最中に遭遇できれば効果としては一番だろうけれど、鍵もかけているだろうし、ノックをしたり呼びかけたりしたとして、のこのこ出てくるとは思えない。

ドアや窓を壊すのは、宿屋に迷惑だし。

「大丈夫か？　俺もいた方が……」

ベルナールはそう言ってくれたが、あの時のカロリーヌ様への仕打ちを思うと、わたしだけの方が良いだろう。

「ううん、平気。たぶん、ベルナールがいると話がこじれちゃうんじゃないかなって思うの」

「それは、そうだろうが……」

また色々言われると混乱してしまいそうだから、できるだけ論点を絞りたかった。

まずベルナールのことは伏せて、離婚の合意を取ることに集中したい。もしベルナールの名前を出して上手くいかなかった場合、迷惑をかけてしまうし。

あと一年待てば合意をとらずに離婚できるとしても、結局、一切話し合わずにするのは現実的ではない。

わたしを特別だと言っていた、あの熱に浮かされたような瞳を思い出すと……こういう表現が合っているかは分からないけれど、あの人はわたしに執着しているように思う。

そしてカロリーヌ様にしたことを考えると、きっと、自分の邪魔になる人にはまったく容赦がないのだ。

無理矢理ラファエルと離婚して再婚したとしても、わたしだけならまだしも、ベルナールにまで何かされそうで怖い。

だからまずは、円満離婚とまではいかなくても、わたしたちが夫婦を続けられないことを理解してもらう必要がある。

だったら早めに、こちらに有利な状況で話してしまった方がいいだろう。

ただ彼との今までの話し合いを思うと、難しいことにも思えた。

言葉は通じているのに、それよりももっと深い何かが伝わっていないような不気味な感覚が、幾度となくあったのだ。

そんな相手に、わたしの主張を理解してもらうことなどできるのだろうか。分からないが、やるしかない。

「わたしはラファエルのいる小屋に行くから、ベルナールは先に帰ってて」

「いや、待て。お前が前に兄上の話をした時、首を絞めるのがどうとか、物騒なことを言ってなかったか?」

言った。ガゼボで、相手がラファエルだということを伏せて相談した時だ。

余計なことを言ってしまったな、と悔やむ。

ベルナールが詳しく話せと視線で訴えてきたので、口を開いた。

「カロリーヌ様が不貞の現場にわたしを呼び寄せたのに激昂して、彼女の首を絞めたの。止めに入ったら、やめてくれたけど」

「やっぱり俺も行く。なんなら、家の方がいいんじゃないか? それか、今危険を冒してまで離婚しようとしなくても、あと一年経てばできる。それを待って、逃げてしまえば……」

おそらく、ベルナールはあのおかしい雰囲気のラファエルと接したことがないから、わたしとは危機感が違うのだ。

先延ばしにはしない方が良いと思うし、離婚して逃げても、大人しく諦めるとは思えない。

それに時間を置いてしまうと、わたしの決意が鈍りそうな気がする。

この昂《たかぶ》っている感情の波に乗り損ねてしまったら、ラファエルに立ち向かえなくなってしまうのではという不安があった。

ただ、ラファエルが何をするか分からなくて怖いのは確かだ。

今回は一緒にいる女性がわたしを呼び寄せたわけではないけれど、彼の考えが分からない以上、その人に危害を加える可能性もある。もちろん、わたしに手を上げることだって。

今までの様子からすると、わたしに何かしてくる可能性は低いように思うけれど……それでもやっぱり、絶対とは言えない。特に、離婚を切り出すとなると。

それでも、ベルナールが来るのは駄目だ。わたしとベルナールが一緒に宿屋に入ったこともばれるのだ。危険すぎると思う。

「駄目。絶対今話す。ベルナールが一緒に来るのも駄目。もし帰るのが嫌なら、近くで待機してもらって……助けを呼んだ時に来てもらうっていうのは？」

ベルナールは考え込んでいる様子だった。しばらくして、口を開く。

「お前がそう言うなら……できるだけ、ここから見える場所——玄関で、中に入らず話して欲しい。やばそうだったらすぐに行く。中に入らないと無理そうなら、俺はばれないように小屋の近くに行く。窓さえ避ければ大丈夫だろう。何かあったら声を出すか、声を上げられなければ、床か壁を三回叩いてくれ。木造だし、音なり振動なりで気付けると思う。そしたら窓を割ってでも入る。それでどうだ？」

それならたぶん、大丈夫だと思う。いざという時にベルナールが来てくれるのは、やっぱり心強い。

「じゃあ、それでお願い。ただ、その、わたしが助けを呼ぶサインを出したりしない限り……大声とか物音程度だったら、待機してて欲しいの」

ものすごく渋い顔をされたので、嫌なんだなと思った。何も分からずにただ待っている側からしたら、不安になるのも分かるけれど。

「口論とか物に当たるとか、あり得ると思うの。わたしも含めてね。だから、もしそこまで大したことない時に来てくれても、気持ちは嬉しいんだけど、もっと大事になってしまうというか……」

「……分かった。でも悲鳴が聞こえてきたり、流石にやばそうだと思ったら入るからな」

「うん、ありがとう」

頷いてはくれたが、不服そうだった。

その気持ちは容易に想像できるから、申し訳なく思う。

でもわたしだって、ベルナールが心配なのだ。

カーテンの隙間から、ラファエルたちがいる小屋を見る。

「じゃあ、わたし……行くね」

第五章　離婚の申し込み

ベルナールといた小屋を出て、ラファエルたちの小屋の前に立った。

彼らのどちらかが、帰るために小屋から出てくるのを待ち続ける。

この中で彼がまた女性と絡み合っていると思うと、ふつふつと怒りが湧いてきた。

どれだけ人を馬鹿にすれば気が済むのだろう。

彼はわたしを愛していると言うが、わたしを人として尊重してくれないそれを、愛だとは思えない。

言葉がどうであれ、行動で蔑ろにする人を信じ続けるなんてできないし、するべきではない。

もう、前のように惑わされない。わたしはわたしを大事にしてこれからを生きていくし、そばにはベルナールだっている。

緊張に高鳴る胸を押さえて、どれほど経っただろうか。

ガチャリとドアノブが回されて、全身が強張る。

扉を開けて出てきたのは、ラファエルだった。

『満月』に入ってきた時と同じく目深にフードを被っていて、簡単には正体が分からないようにしている。

ことが終わって、これから帰るつもりだったのだろう。

「っ……！」

ラファエルが息を呑んだのを見て、わたしは自分が被っていたフードを脱いだ。

するとラファエルは、数歩空いていた距離を一気に縮めてくる。それと同時に彼のフードも落ちた。焦っているような表情を浮かべて、わたしの肩を掴む。

「ブリジット、どうして……！」

「ラファエル。わたし――」

「どうして一人で出歩いているんだ！　危ないだろう！」

続けようとした言葉を、大声に遮られた。

「最近は物騒だから、家で大人しくしていようって言ったじゃないか！」

早速意表を突かれて、わたしの口は間抜けにぽかんと開いたまま動かなくなってしまった。

いや、ラファエルのペースに呑まれてはいけない。わたしは、必死に唇を動かした。

「そ、そんなことはどうでもいいの。それより、あなたこそこんなところで」

「どうでもいいわけないだろう！　君の身に何かあったら、わたしは……！」

縋るようにそう言うラファエルの表情は、心配と悲痛に染まっているように見える。

その姿は全身でわたしが大切だと訴えていて、しかし一方でわたしを平気で裏切っているという、そのちぐはぐさが不気味だった。

もし以前のわたしだったら、なによりも先にわたしの身を案じてくれたことに、戸惑いと同時に嬉しさも感じていたかもしれない。

でも、今は違う。この人は間違いなく、わたしと何かが違う。

言行の不一致さが恐ろしくて、早く離れなければ、という思いが強くなった。

「ラファエル。わたしたち、離婚しましょう」

もう、彼のずれた主張に付き合う必要もない。

わたしは端的に、伝えたいことを言った。

「え……？」

ラファエルは、唖然としてわたしを見つめた。信じられない、と言わんばかりの表情をしていて、それを冷めた目で見つめ返す。

不貞の現場を見られた場所で再び女性といる姿を見られておいて、そんな反応をできる方が信じられない。

わたしが動かないでいると、焦ったように喋り出した。

「ど、どうしたんだいブリジット。どうして、突然そんなことを……」

「わたしたち、やり直そうって話をしたわよね。それで、わたしの『もう他の人としないで』って言葉に、あなたも頷いた。でも、その約束を破ったのよね。じゃあ、もうやり直すことはできないもの。別れましょう」

「約束を破ったって、何を根拠に……」

「ここで女性を迎えるあなたを見たのよ。キスもしていたわよね。それだけでもう、破ったと言えるでしょう？」

そう言うと、ラファエルは暫く黙り込んだあと、真顔になった。

「キスなんてしていないよ。見間違いだ」

「えっ……？　しらを切るつもり……？」

「しらを切るも何も、本当のことだよ。彼女は仕事上の知り合いで、情報が漏れないようにここで話し合いをしていただけだ」

そう言うラファエルの顔は真剣で、一切の迷いがなかった。

キスをしたあの決定的な瞬間を見ていなければ、もしもう一人の目撃者であるベルナールがいなければ、迷ってしまいそうなほどだ。

でもわたしはあの光景を覚えているし、彼が平気な顔で嘘をつける人間だと、もう分かっている。

「そんなわけないわ。わたしはここであの女性を迎えたあなたを覚えているし、ここは、カロリーヌ様とあなたがいた場所よね。そんなところで商談をするなんて、おかしいじゃない」

「……ブリジットは、わたしを信じていないのかい？」

そう責めるような口調で言われて、プツン、と何かが切れた。堰を切ったように涙が溢れ出る。

「しっ……信じられるわけないじゃない!!　散々不貞をして、もうしないって言って、それでまたこれよ!?　信じたかったわよ！　あなたがここに来ないことを願ってた！　なんでわたしがそんなこと言われなきゃいけないのよ。あなたがやらなければ良かっただけじゃない！」

「ブリジット、落ち着いて……」

「は、はあ⁉」

宥めるように言われて、余計に感情が昂《たかぶ》っていく。

「カロリーヌのことは確かにあったことだが、今回については誤解だよ。本当に、彼女とは何もない」

「あらそう！　じゃあ、その人にも聞いてみるわね！」

ラファエルの横を通って、中に入ろうとする。すると、慌てたラファエルに腕を掴まれた。

「いたっ」

「っ、ごめんっ」

痛みに声を上げると、すぐに手を離された。そのまま、わたしは走って小屋の中に入る。

「ブリジット！」

後ろからラファエルが追いかけて来たが、追いつかれるよりも、わたしがベッドのある部屋に辿り着く方が早かった。

思いっきり扉を開けたけれど、中に人はいない。だがベッドのシーツはぐしゃぐしゃで、どうしてかなんて分かりたくもないが、ところどころ湿っている。

「ブリジット、落ち着いて話し合おう。君は混乱しているんだ」

部屋中を見回すと、クローゼットが目についた。

止めようとしたラファエルの手をすり抜け、その扉を開ける。

「ひっ……！」

中には、しゃがみこんでいる裸の女性がいた。見覚えがある。この前の舞踏会で、ラファエルと踊っていた令嬢だ。外での話が聞こえて、慌てて身を隠していたのだろう。

彼女はわたしを見上げて、ガタガタと震えていた。

「どこに裸になってクローゼットに入る仕事相手がいるのよ‼」

ラファエルへと振り返って叫ぶ。

言ってから、笑いそうになった。そんな人、いるわけがない。ベルナールに確認しなくたって分かる。

もう怒りすらも消えて、呆れるしかなかった。なんだか、どっと疲れた気分だ。

わたしはどうして、こんな人を好きだったのだろう。彼との楽しかった日々が、泡沫《うたかた》の夢のように消えていくようだ。

「ブリジット……」

ラファエルはもう言い訳ができないと思ったのか、跪《ひざまず》いて、わたしの手を取った。

触られるのも嫌で振り解こうとしたが、強い力で掴まれて敵わない。

「本当に、君を悲しませてごめん。君の優しさに甘えてしまったんだ。申し訳なく思っている。でも誓って、わたしが愛しているのは君だけだよ。わたしは、君がいないと生きていけないんだ。だからどうか、もう一度チャンスをくれないかい？」

そう涙を流すラファエルを見下ろした。

なんて見せかけだけの言葉と涙なのだろう。わたしにはもう、前回と同じ場面を演じているようにしか見えなかった。

裸の令嬢が、わたしたちの様子を窺いながらクローゼットから出る。

わたしは離婚さえできれば良いから、この際もう彼女のことはどうでもいい。

ラファエルも、わたしから一切視線を逸らさなかった。

令嬢は引き止められないと分かると、そそくさと部屋を出て行った。

あの時、同じように逃げて行ったカロリーヌ様を思い出して、はは、と乾いた笑いが漏れる。

まだわたしの中に少しだけある、彼の涙にざわつく心を切り捨てるように口を開いた。

「ラファエル。それは、前にも聞いたことよ。そうして約束して、あなたは破ったの。もう、あなたがわたしにできることは、離婚を認めることだけよ。わたしはもう、あなたとやり直す気持ちはこれっぽっちもないわ」

「……そう」

ラファエルの涙がぴたりと止まり、表情が消え去った。

そして次の瞬間、腕を強く引かれて、体勢が崩れる。

倒れる身体を抱き止められたかと思うと、頭を支えられたまま床に押し倒された。

頭部こそ守られたが、強く打ち付けた背中に痛みが走る。

ラファエルは馬乗りになってわたしの外套を掴むと、力任せに前を開けた。

ブチブチと糸の切れる音と共に、弾け飛んだボタンが周囲を転がっていく。

「や、やめてっ！　なにをっ……！」

「離婚なんて、絶対にしないから」

そう言った瞳にはこちらを見下すような冷やかさがあって、ぞくりと悪寒が走った。

恐怖に身体が固まりそうになったが、ベルナールの顔が脳裏を過《よぎ》る。

咄嗟に抵抗しようとした腕を呆気なく掴まれて、両方の手首を片手でまとめられてしまった。

もう一方の手がワンピースを捲《まく》る。

「や、やだ、やめてっ……！」

「大丈夫、痛いことはしないから。気持ち良いだけだよ」

その動きと台詞で、彼が何をしようとしているのか想像がついてしまった。

じわりと涙が滲む。

怖い。そして、悔しくて仕方がない。

本当の夫婦になりたかった時には『大事にしたいんだ』なんて言ってしなかったのに、離婚を切り出されれば、無理矢理にでもしようとするのか。

結局、彼の大事にするというのは、その程度だったのだ。

思い悩みながらも、それを信じていたのが馬鹿馬鹿しい。

どこまでも自分本位で、人の気持ちを蔑ろにして。こんな人に、わたしたちの未来を奪われたくない。

歯を食い縛って、がむしゃらに足をばたつかせる。

しかし効果はないようで、彼は無表情のままわたしを見下ろしていた。

しようとしていることに反して、その目に興奮の色は見えない。むしろ無機質で、人形のようだった。

行動と感情が乖離《かいり》している様子に、わたしの本能的な恐怖が刺激される。

秘部を包む下着を撫でられて、ぞわりと鳥肌が立った。まるで虫が這っているかのような嫌悪感があり、ガチガチと歯が鳴る。

以前までは、彼とこうして触れ合いたいと思っていたというのが信じられなかった。

どうしよう。このまま、わたしの純潔は彼に奪われてしまうのだろうか。そんなの、絶対に嫌だ。

わたしの手の甲に口付けをするベルナールを思い出して、必死に足を振り回す。

足が床にぶつかる度に、ダンダンと音が響いた。

こんな人じゃなくて、ベルナールに――

「おねがいだから、やめて……！」

突然、腕を拘束していた手も、下着に触れていた手も離れていった。

安堵と戸惑いの中で見上げると、なぜだかラファエルの方が苦しそうな顔をして、頭を抱えている。

「やっぱり……君だけは……」

急な変わりように困惑していると、ガシャン！　と窓硝子の割れる音がした。

破片が降り注ぎ、ラファエルが覆い被さってくる。

「ブリジット！」

窓の方に顔を向けると、ベルナールが窓枠を越えて部屋に入ってきた。

「なにしてんだてめぇ!!」

ベルナールはわたしたちを視界に入れると、躊躇なくラファエルを蹴り飛ばした。

不意を突かれた彼は床を転がるが、すぐに受け身を取る。

その間に、わたしはベルナールに肩を支えられて起き上がった。

必死すぎて助けのサインのことを忘れていたが、結果的には合図を出せていたようだ。

ベルナールが来てくれてほっとする。

けれど、ゆらりと立ち上がったラファエルがベルナールを睨むのを見て、身体が強張った。

「駄目じゃないかベルナール。ブリジットが怪我をしたらどうする」

ベルナールはわたしを庇うように腕を伸ばした。

「それは悪かったが、乱暴しようとしてたやつに言われたかねぇよ！」

「わたしがブリジットを汚すわけがないだろう」

ラファエルは鬱陶しそうに首を振った。

髪についていた細かい硝子片が、ぱらぱらと落ちていく。それは明かりを反射してきらきらと光って、こんな場面なのに綺麗だと思ってしまった。

そういえばわたしには一切硝子片が降ってこなかったことを思い出して、ラファエルが庇ってくれていたのかと気付く。

だからといって、彼を見直すわけではない。

けれど、そこまでしてくれるのにどうしてこんなことを……と、少しだけ苦しくなった。

ラファエルがわたしに視線を移して、目を眇《すが》める。

「で？　ブリジットはわたしに約束を破るなと言ったのに、男と宿屋に来たわけだ？」

「ベルナールは、わたしが一人で家を出るのは心配だからってついてきてくれただけよ。あなたとは違ってね」

「まあ、それは真実のようだね。ベルナールが腰抜けで助かるよ」

「あ!?」

ベルナールが威嚇するように一歩踏み出し、床に落ちていた硝子片がぱきんと割れた。

だがラファエルはそれを意に介さず、わたしを見つめる。

「ひどいじゃないか。夫婦の事情を他人に教えるなんて」

「……わたしだって、こんなことがなければ言わなかったわよ」

「なぜ今日ここに来た？　今まで、そんなことしなかったじゃないか。君はわたしを信じてくれていた。人を疑うような悪い子じゃない。ベルナールに唆《そそのか》されたのかい？」

ラファエルはそう言って、ベルナールに憎々しげな形相を向けた。

ベルナールに飛びかかるのではと焦ったわたしは、慌てて口を開く。

「ち、違う!!　カロリーヌ様が手紙をくださったの。またここに来るといいって」

「またあの雌《おんな》か。さっさと消せていれば……」

そう吐き捨てるように言うラファエルを見て、とりあえずベルナールから意識が逸れたことにほっとした。だが、同時にカロリーヌ様への憎しみをさらに募らせてしまったことに気付いて焦ってしまう。

どういうことか聞こうとしたが、その前にラファエルが口を開いた。

「どうやって手紙を？　君があの雌《おんな》から悪い影響を受けないようにしていたつもりなんだけれどな」

『ラファエルはわたくしとあなたが繋がらないように目を光らせているだろうから、こういう手段をとりました』

手紙にあった一文を思い出した。

カロリーヌ様の予想どおり、もし普通に手紙を出していたら、届かなかったのかもしれない。

わたしもベルナールも黙りこくっていると、ラファエルはちらりとベルナールを見た。

「ベルナール経由か。……そうだよね。ブリジットは、自分から人に言いふらすような子じゃない。話してしまうような状況にされてしまったわけだ」

肯定して良いのか、否定した方が良いのか。

どう反応すればいいのか困って、わたしとベルナールは視線を合わせた。

わたしたちの返事も待たず、彼の中ではそれで決定したらしい。実際、合っているのだけれど。

「ごめんね。わたしが君を守り切れなくて。だから君はあの雌《おんな》の影響を受けてわたしを疑ってしまったし、こうして悲しませてしまった」

彼には相変わらず、わたしを裏切ったことを心から申し訳なく思う気持ちはないのだな、ということが分かった。

彼が言っているのは、不貞を隠しきれなくてごめん、ということだけだ。

わたしは人を疑うような悪い子じゃない、と一見褒めているようなことを言っているが、結局、そうやってこちらを舐めていたのだ。だからばれなければいいと、今日も女性と会っていたわけで。

わたしがどうして不貞を嫌がったのかも理解してくれていないし、しようともしていない。分からないなりに、約束を守ろうともしてくれなかった。

どうしてこんなにも噛み合わないのだろう。わたしを想ってくれていると感じられる行動もするのに、蔑ろにもされる。

今までの思い出や感情、わたしを愛してくれていると感じられる部分があったから、前回はやり直せるかもしれない、なんて思ってしまったのだ。

でも、もうそんな未来はないのだと確信できる。

わたしが見るべきものは、彼との未来ではない。

ベルナールが拳を震わせているのに気付いて、彼が何かしてしまう前にと、一歩踏み出した。

靴の下で、硝子片が粉々に砕ける。ラファエルへの僅かに残った情を、踏みつぶしたようだった。

「もう、謝罪もいらないわ。あなたが何を言っても、わたしの気持ちは変わらない。むしろ少しでも悪いと思っているのなら、離婚を認めてちょうだい」

ラファエルは目を細めた。

「離婚はしない。また明日、落ち着いて話そう。話せば分かってくれるはずだ」

その話というのも前回と同じで、甘い言葉でわたしを惑わし、なんの意味もない言葉を羅列するだけなのだろう。そんな機会を、与えてはいけない。

「いいえ、わたしたちが分かり合えることはないわ。前回話し合って、それでもこうなって……何度繰り返したって同じよ。さっきも言ったけど、わたしはあなたと夫婦でい続けるつもりはない。これ以上、無駄な話し合いをするつもりはないの」

「それはないよ、ブリジット。離婚には両者の合意が必要だ。離婚したいなら、わたしを説得する必要がある。話し合いはしなければならない。そうだろう？」

「そう言って、離婚されないように今夜にでもまたブリジットを襲うつもりなんじゃねぇのかクソ野郎！　誰がお前のことを信じられるか！」

ベルナールが叫んだ。

今まではあくまでわたしとラファエルの話し合いだからと大人しくしてくれていたけれど、我慢できなくなったのだろう。

ラファエルが激昂しないか焦ったが、案外冷めた顔をしている。

「わたしがブリジットを汚すことはないよ」

「そう言ってさっき襲ってたじゃねぇかクソが！　誰が信じるか!!」

「部外者は黙っていてくれないか？　お前に信じてもらう必要はない。そうだよね、ブリジット」

ラファエルは結婚してから二年間、わたしに一切手を出さなかったし、わたしを汚したくないと何度も言っている。

そしてそれは、彼の言葉の中で数少ない真実だろうと感じていた。だからそういう手段に出るとは想定できていなかったけれど、実際、襲われかけたのだ。

いくら離婚しないと言っても、清い関係のままもう一年経てば、結婚を無効にすることができる。頑なに離婚をしたがらないこの人が、それを防ぐために一線を越える可能性もあるだろう。

先程も躊躇する様子は見せていたが、一度でも襲おうとしたのは事実だし、結婚を無効にするにはあと一年あるのだ。その間に気が変わるかもしれない。

ラファエルがそういう意味での強硬手段をとってくるとは思っていなかったからここに来てしまったが、やはり、今離婚したいと言ってしまうのは悪手だったのだ。

押し倒された時の恐怖を思い出して、震えを抑えるように拳を握る。

返事できないでいると、ラファエルが不安そうな声色で「ブリジット?」と呼びかけてきた。

純潔を守るためには、どうすればいいのだろう。

やっぱり夫婦関係を続けると話を合わせておいて、一年後に逃げた方が良い? でもそれで離婚ができたとしても、彼に怯える日々が続く状況は変わらないような……

いや、でもラファエルが離婚を認めない以上、あと一年の夫婦生活に耐えるしかない。

ベルナールだってここまで巻き込んでいるのだ。下手すれば、彼に火の粉が飛ぶ。

わたしが間違えてしまったわけだから、その責任は取らなければならない。

万が一襲われたところで、わたしが耐え続ければいいだけだ。少なくとも、ベルナールは守れる。

そう決意して顔を上げるのと、ベルナールがわたしをラファエルから隠すように前に立ったのは、同時だった。

背を向けられているから表情は分からないが、雰囲気だけで、彼が怒りに満ちていると分かる。

「決闘だ、クソ兄上。俺がブリジットの代理になる。俺が勝てば、離婚を認めろ。そして、もうこいつに関わるな」

決闘——それは個人間の話し合いで解決できない問題を戦いで解決するほか、名誉を守るための手段である。ひと昔前によく行われていたもので、物語の中によく登場する。そして現在も、数は少ないものの用いられている方法だ。

単純に話し合いでは埒が明かない場合に武力で決めてしまおうという考えと、正しい者に神が味方するという思想、傷つけられた名誉を回復するという慣習から続いている。

女性や病人などの戦えない人は基本的に決闘を行わないが、代理を立てることが認められている。

ベルナールは、わたしの代理としてラファエルと戦うつもりなのだ。

「だ、駄目よベルナール！　危ないわ！」

ルールは当事者間で決めるが、真剣を使うことが一般的で、死人が出ることもあるのだ。

二人とも貴族の男子だから当然戦えるように教育は受けているだろうし、どちらが特別優れているとか、不得意だとかは聞いたことがない。だが、もし実力が同じくらいだとしても、二人には九つも歳の差がある。体格や経験の面から、明らかにベルナールが不利だろう。

それに、ラファエルは人を殺しかけたことがあるわけで。

ベルナールが危険なのは言わずもがなだ。

「いい。話し合いで解決できねぇってことは、今のやり取りを見てるだけで分かった。話の通じる相手じゃない。これでお前に何かあったら、俺は後悔するどころじゃない。すぐに決着をつけてやる」

「でも……」

ベルナールが振り返って微笑んだ。

「ブリジット、大丈夫だ。俺、剣術は得意だし、神様だって、こんな奴よりお前の味方をする。そうだろ？」

先程とは違う優しい声色に、なんだか泣きそうになった。

わたしがベルナールを守りたいと思うように、彼もわたしを守りたいと思ってくれているのは分かる。その気持ちは嬉しいし、解決するにはそれしかないのかもしれない。

でもやっぱり、それでベルナールに何かあったらと思うと、到底頷けなかった。

ラファエルが、はっ、と馬鹿にするように笑う。

「どうせわたしが勝つからいいけれどね。そもそもそこまでして離婚したあと、どうするつもりなんだい？　離婚歴のある雌《おんな》の先は暗いよ。そこまで考えているの？　それも含めて話し合うべきじゃないかい？」

痛いところを突かれてしまったが、本当のことを言えばベルナールが危ない。

わたしはベルナールの後ろから出て、ラファエルを睨み付けた。

「あとのことなんてどうでもいいわ。とにかく、もうあなたとは……」

だが途中で、ベルナールがわたしの肩に手を置く。

どうしたのかと顔を向けると、彼は不敵な笑みを浮かべていた。

「俺と再婚するから問題ない。あとはお前が離婚を認めるだけなんだよ」

「べ、ベルナール‼」

どうしてそれを言っちゃうの！

慌ててラファエルの様子を窺うと、こめかみをピクピクと痙攣させていた。

「……へえ？　俺のいないところで、そんな話をしてたのか？　お前が勝手に言ってるわけではなく？」

ラファエルが「俺」と言ったのはカロリーヌ様に激昂していた時以来初めてで、思わず後退《あとずさ》る。

口調も、先程までは穏やかさがまだ残っていたのに、怒りが溢れていた。

もう知られたからには、せめてベルナールにこれ以上憎悪が向かないようにするしかない。

「わ、わたしが頼んだの。ベルナールだったら遺言にも反しないし……」

いっそわたしの心がベルナールにあることも言ってしまおうかと思ったが、それはそれでベルナールが逆恨みされそうなので口を噤《つぐ》む。

ラファエルは自分を落ち着かせようとするように一呼吸置いて、わたしを見た。

「分かってるよ、ブリジット。こいつは、今までずっと君に邪《よこしま》な目を向けていたからね。そうやって君を唆《そそのか》したんだろう」

一転、ベルナールを睨み付ける。

「意気地なしだと思っていたが、そんなことまでやるようになったんだな」

そう唸るように言う顔は、カロリーヌ様の首を絞めていた時と同じだった。

恐怖を覚え、これ以上余計なことは言わないようにと、ベルナールの袖を握る。だがラファエルに咎めるような視線を向けられて、すぐに手を離した。

代わりに、ベルナールの目を見て首を振る。

ベルナールは何か言いたそうにしていたけれど、口を結んでくれた。

実際、初めに再婚のことを言ってくれたのはベルナールだ。

だがラファエルに対してはわたしが頼んだとしか言っていないのに、どうしてか彼の中では、そうなるようにベルナールが唆《そそのか》した、ということになっているらしい。

カロリーヌ様への様子からもなんとなく分かっていたが、どうも彼の頭の中では、彼にもわたしにも落ち度はなくて、とにかく周りの人間がわたしたち夫婦の邪魔をしている、という解釈になるようだった。

「いいよ、決闘しよう。ブリジットは俺のものだって、はっきりさせようじゃないか。もちろん、真剣だ」

「ああ、それでいい」

「駄目だってば！　そんな危ないこと！」

ラファエルは決闘に乗じてベルナールを殺すつもりなのではないか、という考えがずっと頭をちらついていた。

あくまでルールを守った決闘で死亡した場合、事故として扱われて罪に問われることはないのだ。それだけの覚悟を持って、両者は争うことになる。

二人の個人間の決闘に口を出す権利はないけれど、ベルナールをわたしの代理になんてさせられない。わたしは首を振ったが、ベルナールはにやりと笑った。

「俺を心配してくれているんだろう？　でも、俺を代理にしようがしまいが、あいつはもう俺を許してはくれなさそうだぜ」

「そうだな。人の妻に離婚を勧めて再婚を申し込むだなんて、俺への侮辱だ。到底許せることではない。ブリジットが頷かなくても、俺がベルナールに決闘を申し込もう」

「だとよ。だったら、離婚を懸けて戦った方がいいだろう？」

確かに、どの道決闘になるのならば、その方がいいのかもしれないけれど……

頷く勇気がなくて、黙り込む。

もし離婚の話をなかったことにしても、ラファエルはそれとは別に決闘を申し込むつもりのようなので、結局、二人が戦う未来は変わらないのだろう。

だからベルナールは再婚しようとしていることを話したのか、と気付いた。

こういう状況にすることで、わたしが代理を頼みやすいようにしてくれたのだ。

どこまでも、わたしをラファエルから守ろうとしてくれている。

でもわたしは、彼の命を危険に晒すことしかできない。

「ブリジット。俺に、お前のために戦わせてくれ」

その真剣な瞳には熱いものが宿っていて、どれほど彼がわたしを想ってくれているのかが伝わってきた。

そうだ。彼が言ってくれたではないか。ずっとわたしを好きだったって。

そんな彼の気持ちを踏み躙《にじ》る方が許されないだろう。

ベルナールが、覚悟を決めてここまで言ってくれているのだ。

どの道争いは避けられないのならば、彼を信じるしかない。

ベルナールだって馬鹿ではない。きっと、勝算があるのだろう。

彼の無事と勝つことを信じて、勝ったあと、精一杯その恩に報いたい。

その気持ちを瞳に乗せて、ベルナールを見上げた。

「お願いします、ベルナール。わたしの代理として、戦ってください」

「もちろんだ」

ベルナールが力強く頷き、ラファエルが鼻で笑った。

「決まりだな。介添人は……父上で良いだろう。帰って、父上を入れて話そう」

「ああ」

介添人というのは、決闘の審判のようなものだ。家族の問題だし、お義父様が適任だろう。

わたしは心臓がばくばく鳴ってぐらつきそうなのに、二人は気が立っている様子こそあれ、恐怖を感じているようには見えなかった。

ラファエルはまだ分かるが、ベルナールは怖くないのだろうか。それだけ自信があるのか。それとも、男女の差なのだろうか。

「じゃあ、さっさと帰ろうか」

ラファエルはそう言って、外套や髪に残った硝子片を落とした。

身支度が終わるのを待って、三人で受付に行く。

宿屋に窓を壊したことを謝って、あとで修繕費を支払うことと、窓が直るまでの間、あの小屋で稼げない分のお金を支払う契約を交わすことになった。

初め、壊したのは自分だから、とベルナールがサインすると言ってくれた。けれど元々わたしが彼を巻き込んだのだからわたしが、と言うと、今度はラファエルが夫として代わりに負担する、とサインしようとしたので、少し揉めた。

そもそもラファエルがわたしを襲わなければベルナールが窓を壊す必要はなかったわけだし、もっと言えば彼が不貞をしなければこんな事態にならなかったのだから、彼で良いのでは……とは、一瞬思った。

でも借りを作るようで嫌だとも思ったので、結局わたしがサインした。

二人とも反対したが、とりあえずわたしがサインを書くから、もし困ったら勝った方が支えてね、で押し通した。

それで一応引いてくれるのだから、扱い易いのか難しいのかよく分からない。

宿を出て、待たせていたエルランジェの馬車に三人で戻った。

ラファエルもベルナールも、わたしを一人にすることも、相手と二人きりにすることも嫌がったからだ。

先に乗ったラファエルが手を差し出してきたので首を振ると、困ったように手を下げた。

彼の隣にも向かいにも座りたくなくて、対角線上に座る。

ベルナールはわたしの隣――つまり、ラファエルの向かいに座った。

ラファエルからの視線を痛いほど感じるが、知らないふりをする。

これだけ離婚をしたいと言われているのに、それでも認めないラファエルの気持ちが分からなかった。

だって無理に夫婦でいたって、そこに以前のような情は存在しないのに。

彼の中で、わたしの気持ちはさして重要ではないのかもしれない。だからきっと、不貞を続けたのだ。

無言のまま馬車が走り、家に着いた。

帰宅したのが、平民の服を着るわたしとベルナール、服や髪にまだ取り切れなかった細かい硝子片がついているラファエルという異色の三人だったが、侍従たちは一瞬驚く様子が見えただけで、普段どおりに迎えてくれた。

流石だなと感心する。

一番長い人にいたっては、顔色ひとつ変わっていなかった。

ラファエルに「着替えてくるからここで待つように」と言われ、わたしたちは侍従と一緒に部屋に入れられた。きっと、ベルナールと二人きりにしないためだろう。

近くに侍従が控えたままだが、決闘を行うとなると家の中でも話が広まるだろうから、もし聞かれたとしても気にしなくていいだろう。と、ベルナールにこそこそと話しかける。

「ごめんね、ベルナール。こんなことになって。……やっぱり、今日言うべきじゃなかった」

「いいって。なんつーか……兄上って、あんな奴だったんだな。なんか、今でも悪い夢を見てるみたいだ」

しみじみというベルナールに、頷くしかなかった。

「ほんとにね……」

一体、何が彼をあんなふうにしているのだろうか。

女性関係にだらしないのもそうだし、どうして不貞がばれて以来、わたしに関することになると、普段の調子から外れてしまうのだろう。

わたしが特別だと言っていたけれど……それだけ、彼の中でわたしの存在は大きいのだろうか。

「まあ、あの感じだと一年後に逃げたところで追っかけてきそうだし、いいんじゃねぇか？　これではっきりさせれば」

あっけらかんと言ってくれたベルナールに、少しだけ心が救われる。

決闘――特に争いを解決するものに関しては、その勝敗は神の思し召しと考えられている。

だからその結果を受け止め、遵守しなければならない。

流石のラファエルも、負ければそれを受け止めるはず……

「あの……絶対に、死なないでね」

「もちろんだ。これでお前を悲しませるのは、意味がないどころか損するだけだからな」

ベルナールは、そう冗談めかして笑った。

やっぱり、彼には幸せになって欲しい。ううん、わたしが幸せにしたい。

改めてそう思っていると、着替えたラファエルが出て来たので、三人でお義父様の執務室へ行った。

初めて入ったのだが、本棚の中は本だけでなく書類もいっぱいに詰められていて、執務机の上にも紙の山が積み上がっている。部屋の中は侍従たちが定期的に掃除しているはずなのに、どことなく埃っぽくて閉塞感があり、お義父様の忙しさが窺えた。

ラファエルが代表して、お義父様にことの成り行きを話す。

彼の不貞が理由で、わたしが離婚を申し出ていること。ラファエルは離婚する気がないこと。そしてどちらも折れないため、ベルナールがわたしの代理になり、決闘をすること。その介添人を、お義父様にお願いしたいこと。

時折わたしやベルナールが補足しながら、すべて伝えきった。

息子たちが命をかけて戦うことになって、お義父様にも申し訳なく思っていた——のだけれど。

「お前たちが本当の夫婦になっていないようだと報告を受けていたから、心配はしていたが……」

そうぼやくお義父様に、知っていたのかと驚いた。でもすぐに、それもそうかと納得する。きっと、シーツが汚れていないことを不審に思った侍女が報告したのだろう。

「お前、結婚前の遊びだと思っていたのに、まだ続けていたのか」

そんなラファエルの不貞に対するお義父様の反応に、ぎょっとした。

彼は、息子が婚約者がいながら女遊びをしていたことを知っていて、見て見ぬふりをしていたのだ。

そして今も呆れたように言うだけで、叱りはしない。

お義父様を介添人にするということは、当然そのあたりの事情も知られることになるけれど良いのだろうか？　とは思っていたのだ。

ラファエルは、彼がこういう反応に止まることを分かっていたのかもしれない。

「ブリジット。わたしからももう一度言い聞かせておくから、考え直してくれないか」

介添人は決闘をしないで解決する道を模索する役割もあるから、そう言われるのは当然だ。

しかしそのような態度で言われても、ラファエルを抑えられないだろうとしか思えなかった。

わたしの決意が伝わるように、できるだけ強い声色で言う。

「いいえ。先程もお話ししましたが、もうしないと約束してからの再度の不貞なのです。やり直すことは不可能です」

「しかし、エルランジェとシュヴァリエの縁もあるだろう」

眉を寄せるお義父様に、ベルナールが言った。

「離婚が成立すれば、俺がブリジットと再婚するつもりだ。できれば、婿にいくつもりだが……それを認めてくれれば、遺言については問題ない」

お義父様が目を瞑って唸る。

「ふむ……まあ、エルランジェを継ぐのはラファエルだ……シュヴァリエ伯爵にも申し訳ない……」

そう一人呟いて、ラファエルに顔を向けた。

「ブリジットの決意は固いようだ。離婚せずに済んだところで、夫婦関係は冷えたものになりそうだが……それでもラファエル、お前は離婚を認めないのか？」

「ええ。彼女はわたしの妻です。今は混乱して感情的になっていますが、時間と心を尽くせばまた分かり合えると信じています」

本気で言っているのだろうか……言っているのだろうな、と肩を落とす。

お義父様は溜め息をつくと、書類を出した。

「確かに、これでは埒が明かないな。決闘することを認めるが、ルールについては……真剣で良いが、どちらかが相手の剣で負傷した時点で、勝負がついたこととする。勝負がついているのに追撃した方は負けになる。いいな」

「ええ、分かりました」

「ああ」

二人が力強く頷いた。

かすり傷で終われば良いが、その一撃で死ぬこともあるのだ。そしてラファエルは、それを狙っている気がしている。

どこからやり直せばこの事態を回避できたのだろうと考えたくなるけれど、今更そんなことをしてもしょうがない。

ここまで来てしまった以上、ベルナールの無事と勝利を祈るだけだ。

全員が決闘に同意するサインを書く。

もう夜も遅かったので、決闘は明日に行われることになった。

軽食をとって、もちろん夫婦の寝室には行かず、自室のベッドで横になる。

明日で、全てが決まる。

とにかく、ベルナールが無事でありますように。

そう願って、眠ったのだけれど――


翌朝、わたしたち三人を集めたお義父様が言った。

「昨日、オベール夫人が亡くなられたそうだ。葬儀は明日。今日はその準備に使うから、決闘は早くても明後日とする。いいな」

カロリーヌ様が、亡くなられたのだ。

第六章　カロリーヌの人生

『初めまして、カロリーヌ。ラファエルと申します』

彼と初めて出会ったのは、六歳の頃。昔から家同士の交流があるという、エルランジュ伯爵領に連れて行かれた時だ。

そこでわたくしを迎えてくれたのは、天使のように美しい、同じ年の少年だった。

光の環が輝く黒髪に、どこか甘い灰色の瞳。目鼻立ち、手足のバランスもお人形のように整っていて、雰囲気も普通の子どもとは違った。

その姿に衝撃を受け、当然のように、わたくしはラファエルに恋をした。

しかも彼は見目が良いだけでなく、優しくて、博識で、手先が器用で、馬術にも長けていた。

エルランジュ家には数日間滞在したのだけれど、一緒に過ごしている間は当たり前のようにエスコートをしてくれて、自分がお姫様になったような気分だった。

そんな姿を両親も微笑ましそうに見ていて、わたくしはすっかり、大きくなったら彼と結婚するものだと思っていた。

家に帰る時もわたくしは帰りたくないと泣きじゃくり、馬車の中で両親に、次はいつラファエルに会えるのかと聞いていたほどだった。

あの頃はシュヴァリエ伯爵家に子どもが産まれていなかったし、男児のみが産まれることが何代かにわたって続いていたから、今回もそうなると思われていたのだろう。

両親も、もしかしたらわたくしを嫁がせることになるかもと考えている様子で、頻繁にエルランジェに連れて行ったり、逆に彼らを招待したりしていた。

関わる時間が増えるうちに、なんとなく、彼は普通の人とは違うのかもしれない、と感じるようになっていった。

いつもにこやかで人当たりはいいのだけれど、時々、どうすればいいのか困ってしまうことがあったのだ。

例えば童話を一緒に読んでいる時に、彼は『どうしてこの王子は一度会っただけの平民をそこまでして捜すの？』と首を傾げた。

『えっと、それは……恋をしたからよ。好きな人とは一緒に居たいでしょう？』

『ふうん。一度踊っただけで好きになるの？』

不思議そうに言われて、彼に一目惚れした自分を責められたように感じた。

『ひ、一目惚れって言葉があるでしょう？　そういうことも、よくあるのよ』

『へえ。でもそれって相手の外見が好きってだけじゃないの？　それでどうして一緒に居たくなるの？』

『そ、それは……』

わたくしは言葉に詰まった。彼にじっと見つめられて、まるで尋問でもされているような気分になる。

『み、見た目だけじゃなくて……こう、雰囲気で、自分とは合いそうだと思った、とか……。ほら、踊った時に少し喋って、それで惹かれた、とか……』

しどろもどろに話すが、納得している様子はなかった。

『それだけでそうなるかな』

首を傾げるラファエルを見て悲しくなった。

てっきり、彼もわたくしに気があると思っていたのだ。

『ラファエルは、誰かを好きになったことはないの？』

『ないんだろうね。そうやって誰かと一緒に居たいとか、思ったことない』

『そ、そうなの……』

勝手にショックを受けたものの、男の子はこんなものなのかもしれない、とも思った。

一番驚いたのは、ある日、わたくしの家にラファエルたちが滞在していた時のことだ。

朝起きて居間《リビング》に行くと、ラファエルは庭に遊びに行ったという。そろそろ朝食の時間だから呼び戻すように言われて、捜しに行った。

しかしなかなか見つからなくて、もしかしてと思い家の裏手に向かった。

そこは整備されているものの、館の陰になっていて日が当たらない場所なので、あまり人が出入りしないのだ。

周囲に視線を巡らせながら歩いていると、鳥の鳴き声が聞こえてきた。それは歌っているのではなく、切羽詰まったような鳴き方だった。

小鳥が動物に襲われているのかと思い、その声が聞こえる方へと急ぐ。

すると、生垣の陰にラファエルがしゃがみこんでいた。

『キャアア！　な、何をしているの⁉』

彼のそばには、体を開かれた鳥が一羽、横たわっていた。

それを見て声を上げてしまったが、振り返った彼の手に、まだ生きている鳥が掴まれていることに気付く。

もう片方の手には、血に濡れた刃物を持っていた。

考える前に、彼が鳥を殺したのだと分かってしまった。そして今、もう一羽を手にかけようとしている。

『や、やめて！　その子を逃がして！』

『カロリーヌ、このこと、父上たちには黙っててくれる？』

『わ、分かったわ！　言わないから逃がして！』

ピィピィと必死に鳴いて藻掻《もが》く鳥が可哀想で、目の前で殺されそうで。恐ろしくて、とにかく逃がして欲しいと声を荒らげてしまった。

『はあ……そんなにうるさくしてると誰か来ちゃうよ。静かにして』

ラファエルは何か言っていたが、当然錯乱しているわたくしには聞こえていなかった。

彼は溜息をつくと鳥を逃がしてくれて、やっと落ち着いてくる。

『ど、どうしてこんなことを……？』

何かの間違いであって欲しいと思いながら、恐る恐る問いかける。

彼はもう一羽のすでに死んでいる鳥をいじりながら――わたくしは見ていられなくて、すぐに顔を背けた――言った。

『うちの領地では見ない鳥だったから、中身はどうなのかなって』

『な、中身……？』

『臓器とか、構造とか』

痛めつけようとしたわけではなく知的好奇心からだったと分かって、少しだけ恐怖はやわらいだ。鳥を殺したことには変わりないが、やはり動機は重要だと感じる。

『そ、そうだったの……。でも、可哀想じゃない。そんなことしなくても……』

『どうして？　別に、カロリーヌだっていつもお肉を食べているだろう？　あれだって殺している。食べられている鳥たちは可哀想じゃないの？』

そう言われてしまうと言い返せなかったし、その後、わたくしはしばらくお肉が食べられなくなった。

結局、わたくしの最初の悲鳴を聞いた庭師に見つかって、ラファエルがしていたことも両親たちにばれた。

彼は両親に怒られて神妙な面持ちで謝っていたが、『特に他所の家では絶対にやるなと言っただろう！』というようなことを言われていたので、どうやらあれは初めてではなかったらしい。

朝食でもしおらしくしていたものの、両親たちがいなくなればけろりとしていた。

あの頃は幼かったし、恋は盲目というべきか、そんなラファエルをすごいと思っていた。

わたくしは親に怒られると泣いて一日中むくれていたから、大人に負けないところを尊敬したのだ。

それに、ただ鳥が可哀想だからやめようと言うわたくしに対して、食べ物を引き合いに出してきたことにもはっとさせられて、頭が良いと思った。きっと、学者肌とは彼のような人のことをいうのかもしれない。


そしてわたくしたちが八歳になる頃、シュヴァリエ伯爵家にブリジットが産まれた。女児が産まれたということで、すぐにラファエルとの婚約が決まる。

今となっては、もう一年経てば彼女と年の近いベルナールが産まれるのだから待てば良かったのに。と思うが、エルランジェ夫妻の年齢も高くなっていて、また授かることを想定していなかったのだろう。

わたくしはその報せを聞いてショックを受けたし、露骨にエルランジェとの交流も減ったので、寂しくて仕様がなかった。

それでも貴族の娘だから、恋をした相手と結ばれるとは限らないというのも徐々に学んでいったし、時とともに失恋の傷を癒していった。

しかし、デビュタントでラファエルのパートナーにならないかという話が来たのだ。

彼には婚約者がいるものの、相手はまだ幼いので社交界には出られない。他に都合の良い子女も思い当たらないようで、わたくしに相手がいなければどうか、というお話だった。

気遣わしげにエルランジェ伯爵からの手紙を見せてきた両親に、わたくしは頷いた。

記念すべきデビュタントで初恋の人をパートナーにできるなんて、素晴らしい思い出になると思ったのだ。

デビュタントの会場へと向かい、成長したラファエルと会ったわたくしは、もう一度恋に落ちた。

すっかり大人の男性になったラファエルは、中性的だったあの頃とはまた別種の美しさだった。

子どもの頃から纏っていた独特の雰囲気はさらに色濃くなっていて、それが色気というものだとその時に気付いた。

蜜を滴らせているような甘い瞳に見つめられると、それだけで体温が上がって、ぽうっと夢でも見ているような気分になる。

昔の可愛らしい思い出や甘酸っぱいときめきが、全て吹き飛ばされるようだった。

『久しぶりだね、カロリーヌ』

声変わりした艶やかな声が肌を撫でて、それだけで背筋がゾクゾクした。

初恋の人に会って、気持ちがまた燃え上がるのとは違う。

わたくしはただ、目の前のラファエルに焦がれたのだ。

入場から常に隣にいるラファエルにどきどきしていたからか、式の途中でくらりときてしまった。

ラファエルに支えられて、休憩室に連れて行かれる。

ソファとテーブルに水差しが用意された、小ぢんまりとした部屋だった。

ちょうど両親たちと離れている時だったから、二人きりになったことでまた心臓が暴れ始めた。

休憩室で意中の人と……なんて、恋愛小説でよくあるシチュエーションだ。どうしても意識してしまう。まあ、現実でそんなことが起こるはずもないのだけれど。

そんなことを思いながら、ソファに座る。

水を差し出してきたラファエルを見上げると、彼は微笑みながら顔を近づけてきて――気付けば、キスをしていた。

やわらかい唇が触れ、時間が止まったようだった。

唖然としていると、唇がゆっくりと離れていく。

『え……あ……』

ろくに言葉を発せないでいると、ラファエルは妖艶に笑んだ。

『したそうに見えたから。嫌だった？』

まるで何かに操られたかのように、わたくしは首を横に振っていた。

するとラファエルはまたキスをしてきて、何度も、触れては離れてを繰り返す。

唇から全身に甘い痺れが走った。

震える肩を撫でられて、それだけでなんだかくすぐったい。

『ふふ、かわいい』

顔を離すとそう囁かれて、薪をくべられたように一気に熱くなる。

意中の人とする初めてのキスに夢中で、すっかり現実を忘れていた。

抱き締められて、甘さの混じった清涼感のある香りに包まれる。これが男性の香りなのだと思うと、お腹の中でじわりと何かが溶け出すようだった。

頬に手を当てられて優しく上を向かされると、また唇が降って来て、今度は舌を中に入れられる。やわらかく熱い舌同士が触れ合って、官能を刺激された。

これが気持ち良いということなのか、と思いながら夢中になる。

この幸せな時間を終わらせたくなかったし、これきりかもしれないと思うと、できるだけ彼を感じていたかった。

勇気を出して自分からも舌を動かしてみると、ゆっくりとそれに合わせてくれる。同時に背中を撫でられて、ふ、と熱い吐息が漏れた。

どれくらいそうしていたのか分からない。

顔が離れていって名残惜しく思っていると、口の端から垂れてしまった唾液を、親指でなぞって拭き取ってくれた。

『カロリーヌは、こういうことしたことある?』

ゆるゆると首を振ると、ラファエルは意味ありげな笑みを浮かべた。

『じゃあ、ここまでだね。もう少し休んだら、戻ろうか』

いやだ。これで終わりたくない。

咄嗟にラファエルの服を掴むと、彼は笑いながらわたくしの手をやわらかく包んだ。

『戻るのがあまりにも遅いと心配されるから……ね？　また今度』

また今度ということは、次があると信じていいのか。

わたくしはとくとくと自分の身に響く鼓動を感じながら、頷いた。


それからも何度か、わたくしはラファエルのパートナーとして社交の場に出た。

その度に休憩室で口付けをして、いつ頃からかそれだけでは済まなくなった。

耳や首筋、さらには胸、秘部を愛撫されるようになり、わたくしも手や口でラファエルのそれを愛撫するようになり、段階を踏んでいった。

ラファエルに会えない日は、ベッドの中で自分を慰めたりもした。

ある時、休日に外で会おうと言われ、連れて行かれた宿屋でわたくしは処女を散らした。

それからも何度か外で愛し合い、慣れて時間もかからなくなってくると、休憩室でもするようになった。

ラファエルには婚約者がいるのにとか、わたくしは未婚の身なのに、と思う部分もあった。

だがそれよりも、当時のわたくしは、物語のヒロインになった気分に浸っていた。

愛する人には親に決められた好きでもない婚約者がいるが、それに負けずに逢瀬を重ねる二人。

そんな認識をしていたのだ。

けれどそのうち、ラファエルはわたくし以外ともそういうことをしているのでは、という疑念を抱くようになった。

わたくしたちは毎回パートナーとして夜会に出席していたわけではないので、当然、ラファエルが他の女性といる姿も見かけることがあった。

するとわたくしの時のように、途中で女性が体調を崩し、休憩室に行くことがほとんどだった。

そしてその女性は、どこか夢でも見ているような瞳でラファエルを見つめていた。

浮気されていると思ったわたくしは、ラファエルに怒った。

『あなた、この前タチアナと休憩室に行って、何をしていたの⁉　まさか、わたくしの時のようなことをしていたのではありませんよね⁉』

声を荒らげるわたくしに対し、ラファエルは宥めるような優しい声で言った。

『彼女の気分が悪くなってしまったから、休憩しただけだよ。何をそんなに怒っているんだい？君は、わたしが具合の悪い女性を放っておく男だとでも？』

『そ、それは……』

堂々としたラファエルの様子に、それ以上は言えなかった。

やましいことがあればもっとしどろもどろになるのでは、と思ったし、あまりうるさく言えば嫌われてしまうのでは、と不安になったのだ。

だがその数日後、ラファエルがまた別の女性と出席していたパーティーでのことだ。

ラファエルとパートナーの女性が休憩室のある廊下に消えると、それを追いかけるように、他の女性もその廊下へと向かったのだ。

胸騒ぎがして後を追うと、廊下の真ん中で言い争っている声が聞こえてきた。

『ねえ、もう他の人としないでって言ったよね⁉　またあそこでするんでしょ⁉』

『何なのよあなた！　ラファエルとわたしは愛し合っているのよ！　遊びの女が邪魔しないでよね！』

『は⁉　あんたが遊びでしょ⁉　本命はわたしよ！』

争う二人を、ラファエルは呆れたような顔で見ていた。そしてわたくしに気付くと、面倒臭そうに溜め息をつく。

わたくしはこの時、自分は愛されていたのではなくて、遊ばれていたのだと気付いた。

目の前の彼女たちと同じだったのだ。

思い返せば、わたくしたちは身体を重ねることしかしておらず、心を繋げるようなことはしていなかった。

冷静に考えれば、分かることではないか。

だが、愛されていなかったことにショックを受けてもなお、ラファエルへの想いは消えなかった。

今は遊びだろうとも、これから愛されるようになればいい。

現実から逃避するように、同じ立場の女を罵るだけの彼女たちとは違う。

わたくしは、彼に呆れられるような女ではない。

そんな決意を胸に、彼女たちに近づいた。

『あなたたち、何をしているの？』

女性たちは焦ったような顔を一瞬見せたが、相手がわたくしだと分かると睨み付けてきた。

『なによ。まさか自分こそが、なんて言うつもり？』

『子どもの頃ちょっと会っていたからって、勘違いしてるんじゃないの？』

早速噛みついてくる彼女たちに、目を細めた。

『おやめなさい、みっともない。こんなところで騒いで。わたくしだったから良かったものを、他の誰かに見られたらどうするの？』

図星を指され、彼女たちは気まずそうな顔をする。

『第一、本命もなにも、彼には婚約者がいるわ。彼の立場もあるのに、そう迫っては困らせてしまうだけでしょう。身の程をわきまえるべきよ』

『……そうだね。情熱的なのは嬉しいけれど、わたしのことも考えてくれると嬉しいな』

彼女たちはわたくしの言葉に顔を赤くしたが、ラファエルがそう言うと慌てて振り返った。

ラファエルの口角は上がっていたものの、その目は笑っていない。

後から追いかけていた方の女性は、俯いて『ごめんなさい……』と言うと、去って行った。

もう一人はラファエルを見上げて小さい声で一言二言話すと、逃げるようにその場を離れる。

ラファエルはそれを見送って、わたくしのそばまで来た。

『ありがとう、カロリーヌ。助かったよ』

『いえ……。困った人たちですわね』

『まったくだよ。でも、カロリーヌは流石だね。昔からしっかりしていたし』

ラファエルに褒められた！

それだけで、わたくしの身体には甘い痺れが走った。

『今日はもう戻ろうと思ってるのだけれど、明日は空いてる？　君に会いたいな』

『も、もちろんよ。明日も会えるなんて、嬉しい……』

ふわふわとした心地でそう返すと、ラファエルは周囲に視線を走らせて、耳元で時間と場所を囁いた。

そして最後に軽いキスをして、甘い瞳でわたくしを数秒見つめてから、去って行く。

ラファエルの足音がしなくなって、わたくしは両手で顔を覆った。

勝った！　わたくしは、他の女たちに勝ったのだ！


それからわたくしは、常にラファエルのためになるような行動をした。

以前のように嫉妬して怒るなんてことはしないようにしたし、ラファエルと一緒に居る女性たちの中で口の軽いことで有名な人については、関係を断った方が良いのではと進言した。そして、口が堅そうな信頼できる別の女性を推薦した。

ただただ、わたくしはラファエルの理解者であろうとした。

そして実際、他の愛人たちよりも気に入られていると自負していた。

その先に、彼からの寵愛があると信じていた。

『婚約者はどういう方なの？』

その上で、ラファエルにとって婚約者の少女がどういう存在なのかを知ることは重要だった。

以前は争う女たちを鎮めるために彼女の存在を使ったが、実際のところ、彼女との縁は家のためにも守りたいものなのか、煩わしいものなのか。

それによって、社交界に出て来た彼女にどう接すれば良いのかが変わってくる。

『とても……とても純粋で、可愛らしい雛《こ》だよ。小さい頃、わたしもよく天使みたいだと言われていたけれど、彼女こそが天使だと思う。あのままで、ずっと一緒にいられると良いのだけれど……。雌《じょせい》って成長とともに変わったりするだろう？　心配だな』

わたくしはあまりの衝撃で、返事ができなかった。

昔は『そうやって誰かと一緒に居たいとか、思ったことない』なんて言っていたのに、そう思える相手ができたのか。そしてそれは、わたくしではなく、婚約者だと。

これだけ他の女性に手を出しているのだから、婚約者を気に入っているとは思っていなかったのだ。

家のために表向きは将来の妻として扱うことはあっても、心を向けているとまでは想定していなかった。

でも相手はまだ子どもで、ラファエルも、好きだとは言っていない。

ただ単純に、政略結婚の相手として好ましいだけだ。成長して変わってしまうのが心配だとも言っているし、現時点ではお飾りの妻として不足がないというだけで……

そう自分に言い聞かせる。

『そ、そうなの……よかったわね、婚約者が、いい子で……』

何か返事をしなければ、と言葉を絞り出した。

彼女の存在はわたくしの中に暗い影を落としたものの、やることは変わらない。

ただ、婚約者を貶める態度はしないように気を付けた。

こうして尽くしていれば、誰のそばが一番心地良いのか、いつかは気付いてくれるはず。

そんな希望を胸に、関係を続けた。

親の勧めでオベール伯と結婚しても、だ。

しかしブリジットの成人が近づくとともに、社交の場でラファエルが彼女について話すことも増えていく。

大層気に入っていることが伝わってきて、彼女のおかげでラファエルも落ち着くだろう、という見方をする人が増えていった。

そんなことはない。わたくしが彼に愛される道はまだ残されている。

そう自分に言い聞かせないと、苦しくて立っていることも辛かった。

あまりにも辛くて、こんな想いはもうしたくないと思うのに、彼を好きだという気持ちは止まってくれない。

ブリジットが社交界に出てきて、ラファエルと結婚して。

結婚したからといってわたくしたちの関係が終わることはなかったが、ブリジットがどれだけ他の女性と違って愛されているのかを見せつけられる日々だった。

彼女は、ラファエルが言っていたとおりの娘だった。可愛らしくて、純粋で。

それは、今のわたくしにはもう、取り戻せないものだった。

『わ、分かっているんです。その、同じ歳の人たちと比べても幼い見た目だし、ラファエルには釣り合わないって。カロリーヌ様みたいに素敵な女性だったら、そうやって言われることもなかったんでしょうけれど……』

そう言われた時は、どうにかなってしまいそうだった。

彼の寵愛を受けている癖に、そんなことを言って。

嫌味かと叫びたくなったが、彼女はわたくしとは違って、そういう意地の悪い人間ではないことも分かっていた。

ラファエルに愛されている彼女が腹立たしくて、眩しくて。

でもきっと、ラファエルだっていつかは彼女に飽きるはず。彼女がさらに成長すれば、その寵愛を受けられなくなるかもしれない。

そんなあるかどうかも分からない希望に縋っていないと、上手く取り繕うことができなかった。

そんなある日、彼女に相談があると言われたのだ。

『わたしとラファエル、まだ……所謂、清い関係なんです。それに、悩んでいて……』

そう言って眉尻を下げるブリジットに、乾いた笑いが漏れそうだった。

あれだけ女にだらしがないラファエルも、本命は、それだけ大切にするのか。結婚して二年も経つのに、まだ触れてすらいないなんて。

彼女は思い悩んでいるのだろうけれど、それはもう、それだけ彼に愛されている証拠だった。

この時わたくしは、敗北感と同時に、活路を見出した。

まだ男も知らない、純粋無垢な彼女が夫の正体を知れば、どうなるのだろう。

ラファエルが彼女を愛しているのは、痛いほど分かっている。

でも彼女は、汚らわしい夫を愛し続けられるだろうか？

きっと無理だ。だって、彼女はわたくしとは違う、お綺麗な娘《こ》だから。

ラファエルが彼女を捨てることはないだろうが、逆はあり得る。

愛する妻に見捨てられて消沈する彼に、わたくしが寄り添ってあげる。そして彼は、何があっても彼を愛し続けて支える、わたくしのありがたみを思い知るのだ。それしかないと思った。

そうして、いつもラファエルと逢瀬を楽しむ宿屋にブリジットを呼び出して、ラファエルとの情事を見せつけた。

これで、この夫婦は終わる。そう思うと笑みが溢れた。

彼女の絶望しきった顔を見て、今までの溜飲が下がると同時に、可哀想とも思った。

けれど、わたくしの幸せのためなので仕様がない。

彼に首を絞められた時は流石に焦ったが、彼らしいとも思った。

そうやって本性を見せて、ブリジットに見限られるがいい。そして、わたくしの元に落ちてきて。

そう思ったものの、残念ながら二人は再構築の道を選んだようだった。

それでも、あの男の腐った性根はそれくらいでは治らないという確信があった。

ラファエルに叩かれた頬の怪我が治ると、舞踏会に出席した。そして彼と踊った女性たちと話し、次の休みの予定を聞く。

そのうちの一人――わたくしを目の敵にしている若い令嬢が、勝ち誇った顔で『空いていないわ』と笑った。

何の予定かは聞かずとも、ラファエルと会うのだと分かった。

わたくしと彼女は仲が悪いから、逢瀬の情報が漏れないと思ったのだろうか。本当に、ラファエルは女心が分かっていない。

わたくしたちは、互いに誰がより気に入られているか、マウントを取り合う仲だというのに。

ただ問題は、場所だった。

いつも『満月』の同じ部屋を使うことで、踊っている最中《さなか》に日時を伝えるだけで、逢瀬の約束を取り付けるというのが常套手段だった。

ブリジットにばれたことで場所を変える可能性もあるし、そう思う裏をかいて『満月』のままのような気もする。

『満月』に落ち着く前に使っていた他の宿屋かもしれないとも考えたが、とりあえず『満月』に決め打ちすることにした。あそこの近くに、カフェがあったからだ。

ブリジットに寄り添うように、良かれと思って伝えるように、ラファエルの不貞が続いていることと、『満月』に向かうようにということを手紙に書く。

ラファエルが本当に『満月』に現れて夫婦仲に亀裂が入ればそれで良いし、そうでなくとも、ブリジットが宿屋に入る姿が他の人に見られるだけで外聞は悪い。

今までブリジットには、叩いても出る埃がなかった。

けれどブリジットも不貞をしている可能性を突きつけられた時、ラファエルはどうなるだろうか。

ラファエルはわたくしの手紙をブリジットに渡さずに処分するだろうから、母方の親戚に頼んで、ベルナールを通してブリジットに届くようにした。

そして当日『満月』の近くのカフェで、夫とタチアナと、彼女の夫を誘ってお茶をしていた。

怪我の痕が治るまで引きこもっていたから、先日の舞踏会を除けば、久しぶりの外出になる。

テラス席で外気を楽しみながら、街中に視線を走らせた。

外套を着たどこか慌てた様子の二人組を見つけ、注視する。

背丈がちょうどブリジットとベルナールくらいだと思っていると、風が吹いた拍子にフードが少しだけずれた一瞬、ブリジットの顔を確認できた。

上手くいった、と口角が上がる。

ブリジットだけでも宿屋に入る場面を見せられれば良いと思っていたが、男もいるとなれば、より効果は高い。

ベルナールが彼女を好いているのはなんとなく分かっていたから、彼を通すことでもしかしたら、とは思っていたけれど……本当に、二人で現れるなんて。

『まあ、ブリジットだわ。こんなところでどうしたのかしら』

そう言うと、三人ともわたくしが指した方向を見た。

『どの子？』

『ほら、あのフードを被った二人組の。風が吹いた時に顔が見えて……小さい方がブリジットだったの』

もう顔は見えないが、彼らはあの女性をブリジットだと認識するだろう。

『やけにこそこそしているわね。もう一人いるのは、体格的に男性かしら？』

『ラファエルではないようだが……』

『あら、宿屋に入ったわ。悪いところを見てしまったわね』

わざとらしく口に手を当てると、夫たちは眉を寄せた。

唯一、タチアナだけは面白そうだと目を輝かせている。

結婚を機にやめたが、彼女もかつてラファエルと愛人関係にあったのだ。

あのラファエルの妻も不貞をしているとなると、興味を惹かれるのは当たり前だろう。

目的は果たしたので、あとは普通に会話を楽しんで、カフェをあとにした。

これからの行動は、あの夫婦がどうなったかによって変わってくる。

もし再びラファエルの不貞の現場を見た彼女が離婚に向かうのならば、それで良い。

そうならなければ、彼女とベルナールらしき人物が、二人で宿屋に入っていったことをラファエルに伝えれば良い。

そんなことを考えて、馬車に揺られていた帰り道。

そばには、心配性の夫が雇った護衛が並走していた。

夫は未だにわたくしの不貞を知らず、暴漢に襲われて怪我をした、という嘘を信じているのだ。

王都の石畳から、別邸のある隣街への街道に出てしばらくすると、外が騒がしくなる。

『賊です！　決して馬車から出ないでください!!』

そう、護衛が叫んで――

第七章　終わりと始まり

王都のエルランジェ邸にある、伯爵の執務室。

そこには、わたしとラファエルとベルナール、そしてお義父様がいた。

室内を、緊張感のある空気が満たしている。

オベール夫人が亡くなられた、とお義父様が言った。

彼女はまだ若いし、この前の舞踏会で会ったばかりだ。その時はお元気そうだったのに。一体何が。

もう彼女を以前のように慕ってはいないが、それでもよく知る人物が亡くなったという衝撃で、喉が固まったようだった。

ふと、ラファエルの様子が気になって顔を向ける。

彼は眉尻を下げて、悲しそうな顔をしながら唇を動かした。

「そうですか……まだお若いのに、とても残念です」

それを気味が悪いと思ってしまうのは、彼女の首を絞めたことを知っているからだろうか。

そうだ、ラファエルはカロリーヌ様のことをとても怒っていた。

あの晩も彼女を本当に殺しそうな勢いだったし、昨日も、わたしに手紙を送った彼女のことを疎ましそうにしていた。よく覚えていないが、なんだか不穏なことも言っていた気もする。

もしかして、ラファエルが？

ぞっとする寒気に襲われていると、ベルナールがラファエルを睨んでいることに気付いた。

ベルナールもわたしに気付いて目が合うと、小さく頷いてお義父様に顔を向ける。

「オベール夫人が……何があったんだ？」

「昨日の十五時頃、オベール伯爵夫妻の乗った馬車が賊に襲われたらしい。オベール伯は怪我をしたものの無事だったが、夫人は……」

お義父様は首を振った。

その時間ならば、わたしたちが『満月』にいるラファエルを追って小屋にいた頃だから、彼がやったわけではないのだろう。

それが分かりひとまず安堵した。

でも、彼女が亡くなられたことに変わりはない。

賊に襲われて、だなんて……自分がその立場だったらと想像して、心臓が嫌な音を立てた。

もちろん、カロリーヌ様のことを許してなどいない。

彼女のやったことには嫌悪感を抱いているし、どうしてあんなことをしたのかと思う。

ちゃんと謝って欲しかったし、しかるべき報いも受けて欲しいとは思っていた。

それでも、殺されていいわけがない。

彼女がどれだけ怖い思いをして亡くなられたのかと思うと、じわじわと涙が滲み出てきた。

「そういうことだ。明日、朝一で出る。喪服を準備しておきなさい」

お義父様がそう言って下がるように手で合図したので、わたしたちは部屋を出た。

廊下を歩きながら、ハンカチで涙を拭く。

お互い相手と二人きりにしたくないのか、ラファエルもベルナールも、わたしのあとをついてきた。

「あんなことをした雌《おんな》のために泣くなんて、やっぱりブリジットは優しいね」

ラファエルはどこか呆れたような、嬉しそうな声色で言った。

顔を上げると彼の口角は上がっていて、先程の悲しそうな様子はまったく残っていない。

お義父様の前で見せたカロリーヌ様の死を悲しむ態度が白々しく見えて、あの時は気味悪いだなんて思ったけれど、こうも平然とされると、先程の態度の方がまだ良かった。

「こ、こんな時にまで、そんなことを言って……あ、あなたは、何も思わないの？　幼馴染で、親しくしていたんでしょう？」

声を詰まらせながらも言うと、きょとんとした顔をされる。

「それはそうだったけれど……わたしたちの仲を壊そうとした裏切り者だよ？　当然の報いだ」

「お前っ！」

ベルナールがラファエルの胸ぐらを掴んだ。

「よくそんなこと言えるな！　人が死んでるんだぞ!?」

「それだけのことをあの雌《おんな》はしたんだ。罰がくだって当然だよ。……まあ、少し遅かったかな？」

不敵な笑みを浮かべるラファエルに、ベルナールが拳を振り上げる。

「ベルナール！」

反射的に叫ぶと、ベルナールはそのまましばらく腕を震わせ、静かに下ろした。そして、ラファエルを睨み付けたまま口を開く。

「まさか……やっぱり、お前が……」

怒りと恐れが滲むような唸り声に対して、ラファエルは不自然なほどにいつもの調子だった。

「わたしは彼女が死んだ時間『満月』にいた。君たちが証人になるだろう？」

「こんなに、お前に都合良くいくわけねぇだろ。お前と賊が繋がって……」

「滅多なことを言うものじゃないよ、ベルナール。賊に関しては騎士団の皆さんが調査しているだろう。その結果を待つべきではないかい？」

数多の人々が街にいたなかで、カロリーヌ様たちが狙われる確率はかなり低いだろう。

突然の訃報にも関わらずラファエルに動揺した様子は一切ないし、彼はカロリーヌ様に見当違いの恨みを持っている。

確かに、彼が裏で動いていてもおかしくないとは思った。

それでも今の段階では、想像の域を出ないだろう。

ベルナールもそう思ったのか、胸ぐらを掴んでいた手を離す。

「こんなやつが葬儀に出るとか、胸糞悪い……」

「別にわたしは欠席してもいいけれどね。家名に泥を塗ることになるとは思うが」

ベルナールは舌打ちをすると、「いくぞ」とわたしの手を掴んだ。

引かれるがまま歩くが、ラファエルも後からついてくる。

そのまま衣装室まで送られて侍女に引き渡され、二人がいなくなった。

そこでやっと、思う存分に涙を流す。

色々ありすぎて、もう心がついていけない。

自分が今どんな感情なのかすら、分からなかった。


翌日の昼過ぎから葬儀が始まり、滞りなく進んだ。

頭に包帯を巻いて、悲痛な面持ちのオベール伯の姿が痛々しい。

通常は最期のお別れに、参列者が亡くなった方のお顔に挨拶をして、棺の中に花を供える。

しかしカロリーヌ様のお身体は、顔まで白い布で隠されていた。

きっと、彼女のためにも参列者に見せない方が良いと判断したのだろう。

ご遺体の状態を思うと、胸が詰まるようだ。

棺が墓地に運ばれ、土をかけられる。

もう彼女に会うことはないのだと思うと、胸にぽっかりと穴が空いたようだった。

今となっては好きではないし、生きていたとしても、親しくすることもなかっただろう。

それでも彼女との思い出がたくさんあったし、良い感情ばかりでなくとも、これからも彼女から何かしらを感じたり、言い合うことがあったりするのだろうと思っていた。

しかし、わたしの中にいる彼女はもう、永遠に変化することがないのだ。

わたしは初めて、死の恐怖を実感した。一気に、人の死を身近に感じる。

もし、ベルナールがこの世からいなくなってしまったら――わたしは、それに耐えられそうにない。


葬儀が終わって、家に帰って来たのは夜だった。

馬車から降りて家の中に入り、お義父様たちが自室に戻っていく。

明日になれば、すぐ決闘が行われてしまうかもしれない。

その前に、ベルナールとまた話し合いたかった。

だがラファエルもベルナールも互いを警戒しているのか、二人でわたしの部屋の前までついてくる。

「あの……ベルナールと、決闘のことで話したいの。ラファエルも、心配だったら見ててもいいから……少し、離れていてくれないかしら……？」

どうせ二人きりにはしてくれないだろうと見上げると、ラファエルは目を細めてわたしを見つめた。

少しすると肩を竦めて離れ、壁にもたれる。

見られてはいるが、小さい声で話せば聞こえないはずだ。

「あのね、ベルナール。やっぱり、決闘はやめた方がいいと思うの。ずっと、何かあったらって不安で。もしあなたが……その……」

もしものことを口にするのもおぞましかった。

視線を下げると、ベルナールがふうと息をつく。

「ブリジット。心配してくれるのは嬉しいが、この前、離婚に関する決闘をしなくても、あいつはあいつで俺とやるつもりだって言ってただろ。もしブリジットが責任を感じているんだったら、お前の代理として戦うのはなしでいい。でもどうせ戦うなら、離婚を懸けた方がいい。そうだろう？」

「でも決闘って、両者の同意がないと認められないわよね。ラファエルが持ちかけたとしても、あなたが断れば……」

「……それで、ブリジットはどうするんだ？　俺が危ないからって、この先ずっとあいつといるのか？」

……それしかないと考えていた。

もちろん、ベルナールと一緒になりたいと思う。

でも、わたしの感情とベルナールの命を天秤にかければ、後者が重いのは明白だ。

もし清い関係のままもう一年経って結婚を無効にできたとしても、ラファエルはベルナールがわたしを唆《そそのか》したと思っているわけだから、報復されるかもしれない。

それを避けるためには、わたしがこの先ずっと、ラファエルと夫婦でい続けるしかない。

もちろん、これから何十年と彼と過ごしていくのは、何があるのか分からなくて怖い。

それでも、ベルナールが死んでしまうかもしれない恐怖と比べれば、まだましだと思える。

ベルナールが元気で幸せな姿を見られるのなら、頑張れる。

「俺には無理だよ、ブリジット。お前があいつといるのを黙ってそばで見続けるなんて、できない」

ベルナールからすれば、そうなのだろうけれど……

やっぱり彼を巻き込むのではなかった、と俯く。

ラファエルと夫婦でい続けるにしても、逃げるにしても、自分一人の問題で済んだのに。

ベルナールに触れたかったが、ラファエルもいることを思い出して袖を握った。

「でもわたしだって、ベルナールに何かあったら嫌なの。大切だから、怖くてしょうがない。危険を冒すくらいなら、望んだ形じゃなくても……元気に生きていてくれれば、それで……」

「俺は、あの時お前が頷いてくれて、本当に嬉しかったよ」

言葉を遮られたかと思うと、ベルナールの瞳に涙の膜が張っていって、びくりと肩が揺れる。

再婚のことを言っているのだと、すぐに分かった。

「お前との未来のためなら、なんだってできる。俺にとっては、苦でもなんでもない。やっと、お前と一緒になれるかもしれないんだ。辛い思いをさせちまうかもしれないけど、信じて欲しい」

「ベルナール……」

わたしだって、ベルナールが想いを伝えてくれて、すごく嬉しかった。

絶望の中で、手を差し伸べてくれて。

彼こそがわたしの求めていた人だと、気付くことができた。

この人と一緒に生きていきたいと、心からそう思ったのだ。

そんな人がこの世からいなくなってしまうかもしれないなんて、絶対に嫌だ。

でも同時に、ここまで言ってくれる彼の覚悟を無下にすることもできない。

お義父様に言って、決闘をやめることも考えたのだ。

あくまでベルナールはわたしの代理として戦うだけだから、わたしの同意がなくなれば無効になる。

それでもベルナールが言うとおり彼らは彼らで戦うことになるのだろうし、再婚したいとまで言っておいてやっぱり無しにするなんて、彼にとっては梯子を外されるようなものだろう。

だったら信じて送り出すことが、今のわたしにできる精一杯なのかもしれない。

「うん、信じる。ごめんね。わたしも、動揺しちゃって……」

「いや……ブリジットの気持ちも分かる。絶対、勝つから。神様だって、ちゃんと見てくれてる」

「……うん」

神様は、正しい方に味方する。決闘を成立させている思想だ。

不貞ばかりで人を尊重しない態度のラファエルと、人に対して誠実なベルナールだったら、ベルナールの味方をしてくれるはずだと思う。そう信じたい。

けれど、どうしてだか胸騒ぎが止まらなかった。

ぞっとするほど美しいあの男にとって都合の良いように物事が運びそうな、底知れない不安。

「ごめんね、あんなこと言って。でも、本当に怖いの。わたし、あなたがいなくなったらもう、生きていけない……。だから、気を付けて。絶対、無事でいて」

「ブリジット……」

念を押すように言うと、ベルナールが一歩踏み出した。

牽制するように、ラファエルの鋭い声が飛んでくる。

「で？　やめるの？」

そう言いながら近づいてきた。

やっぱり、何について話すのかはお見通しだったようだ。

「……やめないわ。明日、予定どおりお義父様にお願いします。ラファエルもベルナールも、それでいい？」

「もちろんだよ」

「ああ」

ただ、もし何かあれば、その時は……


そして、翌日の昼過ぎ。わたしたちは、裏庭にある訓練場にやってきた。

お義父様がお医者様を手配し、その到着を待っていたのでこの時間になったのだ。

公平な勝負のために、ベルナールもラファエルも薄手のシャツとズボンに身を包み、同じ形の剣を持っている。

わたしも薄手の部屋着のドレスのまま、ヒールのない靴を履いてお義父様の隣に立っていた。お義母様もお義父様に聞いたのか、わたしたちよりも離れたところで、緊張した面持ちで見守っている。

侍従たちも物々しい雰囲気が気になるようだったが、仕事中なのでそばで見物している人はいない。けれど庭師のおじさんは訓練場付近の草花を手入れしながらこちらの様子を窺っているし、館の窓にも人影が見えた。

訓練場の中央で、ベルナールとラファエルが距離を空けて向かい合う。

わたしは祈るように、両手を胸の前で組んだ。

「再確認だ。どちらかが相手の剣で負傷した時点で、勝負がついたこととする。ただちに剣を下ろすように。勝負がついているのに追撃した方は負けになる。いいな」

お義父様の言葉に二人は頷いて、互いを睨み付けた。

「それでは……開始！」

その合図で、二人同時に動いた。

激しい打ち合いが始まる。

わたしにはどちらが攻撃して、どちらが防いでいるのかも分からなかった。

剣同士がぶつかる聞きなれない音が聞こえて、心拍数が上がるばかりだ。

わたしの目にも分かるほどどちらかが圧倒的に押しているわけではなさそうなのが、唯一の救いだろうか。

体格的にベルナールが不利だと思っていたが、そんなことはなさそうだった。

それでも一振りの力強さは、やっぱりラファエルの方が上に見える。それは体格によるものなのか、彼が人を傷つけることを恐れないからなのか。

体格が劣りながらも対応しきっているベルナールは、それだけ実力があるのだろう。

でもその拮抗していた状態は、突然崩れた。

ラファエルの一撃があまりにも重かったのか、ベルナールの体勢が少し崩れる。

そこから明らかにラファエルが攻めて、ベルナールが防戦する状況が続いた。

体勢を立て直そうとしたのだろう。ベルナールがラファエルの剣を受け止めた反動を利用して、飛ぶように何歩か後ろに下がる。

それはたまたま、わたしとお義父様が立っている方向だった。

ベルナールを追うラファエルの顔が目に入る。

「っ！」

わたしには、ラファエルの瞳が光ったように見えた。あの夜、カロリーヌ様に向けた激情が、灰色の瞳を染めた時と同じだった。

あれは、殺す気だ。

そう直感したわたしは、すぐに走り出した。

声を上げても、ラファエルが引くとは限らない。それを、考える前に分かっていたのだろう。

身体が勝手に動いていた。

「あ、おい！」

お義父様の声が、わたしの耳にはゆっくりに聞こえた。

後退を続けるベルナールと、それを追うラファエル。

その距離が縮まり切る前に、辿り着かなければならない。

興奮で視野が狭まり、わたしには、二人の間の空間しか見えていなかった。

ラファエルとベルナールも、互いしか見えていなかったのだろう。

誰も、お義父様の声に反応していなかった。

視界の端で、ベルナールが運悪く着地地点に転がっていた石に足をとられてバランスを崩しかける。

そこに、ラファエルが走りながら剣を振りかぶった。

思いっきり振り落とされる瞬間、わたしは目的地に辿り着いた。

きっとそれは、一瞬の出来事だった。

ラファエルと目が合い、初めてわたしが闖入《ちんにゅう》したことに気付いたのだろう。その目が見開かれる。

「ブリジッ――!!」

後ろでベルナールの声が聞こえるのと同時に、肉を裂く音が聞こえ、鮮血が飛び散った。

わたしにも、その熱い飛沫《しぶき》が降り注ぐ。

目の前では、ラファエルが振り下ろした剣を――彼自身の、もう一方の腕で受け止めていた。

「はあっ……はあっ……はあっ……」

ラファエルの荒い呼吸が響く。

痛いだろうに、その表情はまったく歪んでいなかった。瞳孔の開ききった目で、わたしを食い入るように見つめている。

「いっ、一対一の原則を破ったブリジット側を失格とし、ラファエルの言い分を認める！　さあ、早く手当を！」

お義父様が、震えた声で判定をくだした。

ばたばたと、お義父様やお医者様が駆け寄ってくる足音が聞こえる。

失格……

当然だ。決闘に、部外者ならまだしも、代理を頼んでいる当事者が闖入《ちんにゅう》したのだ。立派な反則だ。あのまま放っておいても、ベルナールが勝てたかもしれない。その可能性がないとは、言い切れない。

それでも、その可能性に懸けた結果ベルナールを失うかもしれないと思うと、我慢できなかった。

ベルナールに信じると言ったのに、それに反する行動になってしまった。

申し訳ないとは思うが、後悔はない。昨日の時点で、決めていたことだった。

ラファエルの腕には刃が深く身を沈め、その縁から血がぼたぼたと流れている。

その光景を目にするだけで肝が冷える。

ラファエルが叫びもしないのが不思議なくらいで、いっそ作り物のようにも見えた。

傷はかなり深く見えるが、大丈夫だろうか。

ベルナールの命が助かったという点で後悔はない。けれど、わたしのせいでラファエルに大怪我をさせたことについては、申し訳なく思った。

でも、もしベルナールがこの一撃を受けていたら、どうなっていたことか……

少なくとも、ラファエルは殺す気だった。

あの日の彼の暴挙を見たわたしには、そうとしか考えられなかった。

ベルナールを殺すんじゃないかという想像から、確信に変わったのだ。その上で傍観するなんて、わたしにはできない。

わたしのしたことは、ある意味ベルナールへの裏切りだ。ベルナールの意思を無視して、覚悟を踏みにじった。

自分が戦った結果ではなく、わたしがルールを破ったことによる負けは、彼に悔いを残すだろう。だがそれも命あってこそだし、わたしが非難されてもかまわない。むしろ、当然だ。

ただ、ベルナールを死なせないこと――それが、わたしの絶対譲れないことだった。

お義父様とお医者様が声をかけても、ラファエルはわたしを見つめたまま動かなかった。

わたしたちだけ、時間が止まっているかのように見つめ合う。

そして、ラファエルの瞳孔が小さくなっていったと思うと、今までわたしに向けたことのない、冷たい視線になった。

「……無駄な怪我だったな。結局、雌は雌か」

その独り言はとても小さく、きっと、わたしにしか聞こえなかっただろう。

今までに聞いたことのない低い声に、肩が跳ねる。

そしてラファエルは、先程の視線が嘘だったかのように笑った。

「……二人の愛に胸を打たれたよ。わたしは身を引こう。どうぞお幸せに」

その言葉は、どこかで聞いたことがあった気がして——もう詳しくは思い出せないが、昔にラファエルと見た演劇にあった台詞に似ているな、と思った。

「そ、それは……？」

お義父様が戸惑った様子でラファエルを窺う。

「離婚を認めます。……さようなら、ブリジット」

そう言ってわたしから離れていくラファエルは、今までとまったく違った。

どこが、といわれれば難しいけれど……今までの、わたしを好きだと訴える何かがなかったのだ。

お医者様と館へと歩く後姿を見ながら、わたしはもう彼の特別ではないのかもしれない、と感じた。

あれだけ頑なに離婚を認めなかったのに、どうして気が変わったのだろう。

『大人になっても澄んだ瞳をして、純粋な好意をわたしに向けてくれる。そんな君がとても愛おしくて、大切にしたくて……』

ふと、彼が以前言っていたことを思い出した。

ラファエルに好意を抱き続けることが、彼にとって特別な人である条件のひとつだったのかもしれない。

あれだけ離婚したいと言っていたのに、ラファエルは、わたしに彼への想いがないということを分かってくれなかった。でも、やっと分かってくれたのだろうか?

お義父様もお義母様もラファエルとお医者様についていったから、訓練場には、わたしとベルナールだけが取り残されていた。

「ブリジット……」

ベルナールの声には怒りが滲んでいて、わたしは恐る恐る振り返った。

「なんであんなことしたんだ、馬鹿!!」

そう叫んで、わたしの頬についている血を袖で拭う。

その気迫に驚いて俯きたくなるが、彼の言っていることは尤《もっと》もで、正面から受け止めるつもりで顔を上げた。

「ご、ごめんなさい」

「兄上が反応できたからいいものを、そうじゃなかったら……!」

「うん……」

ベルナールは口を開きかけたが、ぐっと唇を噛んでわたしを抱き締めた。

その腕は力強くて苦しいほどだったけれど、わたしは大人しく背中に腕を回す。

ベルナールの鼓動が伝わってきて、やっと終わったんだ、生きているんだ、と肩から力が抜ける。

「俺だって、お前に何かあったら……!」

震える声が聞こえるのと同時に、肩が湿ってくる。

彼が泣いているのだと分かった。

わたしがベルナールを想うように、彼もわたしを想ってくれている。

「ごめんね……ごめん……」

つい先程までわたしが感じていた不安と恐怖を彼に与えてしまったことが申し訳なくて、彼が落ち着くよう、背中を撫でる。

「生きてて、よかった……」

身体を包む香りと手のひら越しに感じる熱に、本心が零れた。

ベルナールの腕の力がさらに強くなって、互いの鼓動が響き合う。

今になって、これでやっと彼と生きていけるのだという実感が湧いてきた。

できるだけ彼の存在を感じたくて、強く抱き締め返す。

そのまま落ち着くまで抱き締め合って、生きている証である体温を分かち合っていた。


翌日には、わたしとお義父様、ベルナールの三人で、シュヴァリエ邸を訪れた。

離婚の前に、わたしの両親にも話を通さなければならない。

本来ならば離婚の原因であるラファエルも連れて行くべきなのだけれど、怪我をしたばかりなので、家で安静にしている。

ラファエルの腕の傷は深かったが、斬り所がまだ良かったのと処置も早かったので、安静にしていれば後遺症もなく治るだろうということだった。

わたしのせいで彼に傷を負わせてしまったのは事実なので、そう聞いて安心する。

その場では気が回らなくて謝れなかったから、また彼の容体が落ち着いたら行かないと。

応接間に通されると、ラファエルの不貞が原因でわたしたちが離婚するつもりであるとお義父様が伝え、謝罪した。

両親はあからさまな態度はとらなかったものの、憤慨している様子だった。

これはまずい、とわたしが白い結婚だったことも言うと、少し落ち着いたようだ。

さらにベルナールと再婚するつもりなので認めて欲しいと伝えれば、思うところはあれど気持ちを切り替えたようだった。

「ラファエルとの関係は修復できないようですし、離婚は良い選択でしょう。ブリジットとベルナールが婚姻を結ぶことにも反対しません。ですが、新たに夫婦となる二人は今後どうしましょう」

「……大切な一人娘をいただいたというのに、このような結果となってしまいました。前夫と同じ家で暮らすというのもご心配でしょう。シュヴァリエ伯爵にお任せいたします」

お父様が満足そうに頷き、あっさりと再婚は決まったのだった。

「ブリジット、もう今日からこちらに戻ったらどうだい？」

話が終わると、お父様が言った。

「え？　でも、まだあちらの皆様にご挨拶もしていないし……」

「その方が良いでしょう。気になるのなら、また離婚の手続きをする時にでもいらっしゃってください」

お義父様もそうおっしゃったので、頷くしかなかった。

わたしはまだ書類上エルランジェの人間だが、離婚する予定の夫と再婚する予定の相手と同じ家で過ごすとなれば、お父様はもちろん心配だろう。

お義父様としても、息子の不祥事でお父様――シュヴァリエ伯爵からの信頼を失ったわけだから、もしわたしがあの家に帰ってまた何かあったら、大問題だ。こちらに残れと言うのは普通の感覚だろう。

ただ、わたしはわたしで、ベルナールが心配だった。

ラファエルは離婚を認めると言っていたし、わたしへの以前のような執着はない様子に見えたものの、それが本当なのかまだ確信が持てない。

今は怪我もしているし、万が一何かしようとしても、できないとは思うけれど……

ベルナールを見上げると、わたしを安心させるように微笑んだ。

「そう心配そうな顔をしなくても、大丈夫だ。兄上もああやって引いた以上、もう何もしないだろう。未練があるなら、あんなこと言わなければ離婚は成立しなかったわけだし」

「うん……」

そうだ。決闘は彼の勝ちで終わったわけで、それをわざわざ蹴ったのだから、もうわたしたちのことはどうでもいいはず。

頭では分かっているが、わたしの思う普通が通じないことを何度も経験したので、安心はできなかった。

だからといって、この状況でわたしが向こうに行こうとするのは無理がある。

「ちゃんと毎日手紙も書くよ。気を付けるようにするし」

「……ええ。本当に、気を付けてね」

考えすぎであることを祈って、ベルナールとお義父様を見送った。

それからは両家とも離婚と再婚に向けて動き、ベルナールからも毎日手紙が届いた。

寝る時の施錠はもちろん、普段から侍従を連れて一人にならないようにしているし、食事も気を付けているから安心して欲しいと綴られていた。

毎日、手紙を確認できるまで気が気でない日々を送っていたけれど、無事、手紙が届かない日はなかった。

そして今日、ついに離婚の手続きをする日を迎えることができた。

エルランジェ邸に行き、両親とラファエルが別室で話している間に、侍従たちと挨拶をした。

好奇の視線を向けられて居心地は悪かったが、しょうがないと思う。

わたしのお世話をしてくれた侍女たちは別れを惜しむと同時に、これから幸せになれるよう祈ってくれたので、素直に嬉しかった。

両家の親たちとラファエルとベルナールとともに、教会に行く。

婚姻の記録も儀式も、教会の管轄なのだ。

道中、一度もラファエルと目が合わなくて、落ち着かなかった。

見られるのも落ち着かないだろうし、気まずい関係になったのだからおかしいことではない。

でも、今までとあまりにも態度が違うから気になるというか、やっぱりわたしやベルナールを恨んでいるのではないかと不安になった。

しかしそんな心配をよそに、ラファエルがごねることも、何か言ってくることもなく、離婚の手続きは終わった。

このあとはわたしとベルナールの結婚式を、両親たちだけが見守る中で挙げることになっている。

再婚は認められてはいるがまだ珍しくて、あまり大々的にやるものではないのだ。

つまり、ラファエルだけ先にエルランジェ邸に帰るわけで。

きっと、彼とゆっくり話せるのは、これで最後だろう。

「あの……最後に、挨拶してきていい？　怪我のことも謝りたくて……」

反対されるかもしれないと思いベルナールに確認すると、彼は「だと思った。いいよ、何かあったらすぐ助けられるように見てるから」と言ってくれたので、馬車に向かうラファエルを追いかけた。

教会から続く石畳の道を走る。両側に植えられている青々とした樹木が、風に揺れていた。

「ラファエル！」

振り返ってわたしを見たラファエルの眼差しは、以前とはまったく違うものだった。

他の女性と接していた時よりも冷たい気がして、怒っているのかな、と怖くなる。

それでも包帯を巻いて固定された腕の傷は痛むだろうし、わたしを庇ってくれたのも事実なわけだから、せめてそれについては謝罪の気持ちを伝えないと。

「あの……その怪我、ごめんなさい。わたしのせいで……」

「まったくだね」

強い声で返されて、肩を窄《すぼ》める。

もう彼がわたしに優しくする必要がないのは分かっているが、なんというか、今までとのギャップに頭が追いついていかなかった。

ラファエルはそんなわたしを見下ろして、大きく溜息をつく。

「まあ、お前がその程度の雌《おんな》だって分かったからいいけれどね。そうビクビクされるのも癪に障るから言っておくが、夫がいながら他の男に現《うつつ》を抜かすお前なんて、綺麗でもなんでもない、ただの雌だ。興味ない。だからそうやって、自分は特別みたいな顔をするな。腹が立つ」

「なっ……！」

相変わらずこの人の思考回路は良く分からないが、馬鹿にされているのは伝わった。

それに、『夫がいながら他の男に現《うつつ》を抜かすお前なんて』って、不貞を繰り返していたあなたが言うの⁉ と思って、一瞬カッと熱くなる。

けれどそれを吐き出す前に不思議な喪失感に襲われて、開きかけた口を閉じた。

わたしは、ベルナールが好きだ。

もうラファエルに未練なんてない。彼とやっていくことはできないと、心でも、頭でも理解している。

それでも、生まれてからずっと彼が好きだったし、彼も、彼なりの愛を目一杯注いでくれていたことに変わりはない。

咄嗟に硝子片から庇うことも、自分の腕を犠牲にすることも、そう簡単にできることではないだろう。

もう、わたしは彼にとってどうでもいい存在なのだと思うと、今までの思い出が急に色褪せていって、それがなんだか寂しく感じてしまった。

あの幸せだった日々が無駄だったように感じてしまって、悲しくなる。

だから、もしかしてわたしはまだラファエルに情があるのかな、なんて、一瞬不安になった。

でもきっと、こういうものなのだろう、と頭を振る。

ベルナールを好きになって彼との思い出が色付いたように、ラファエルと別れるから、彼との思い出が色褪せるだけ。

人が亡くなれば悲しいように、別れの時は、多少なりとも寂しくなるものなのだろう。

相手がどんな人だろうと、縁が切れることに変わりはないから。

わたしは他に恋愛経験もないし、親しい友人と離れたこともないから、この感覚に慣れていないだけだ。

今までの思い出が色褪せたって、過ごしてきた日々がなくなるわけではないし、無駄でもない。

もう、一時《いっとき》の感情に振り回されないことを、わたしは今回のことで学んだのだ。

だから、彼を怒る必要もない。

わたしとラファエルは、夫婦ではなくなった。恋人でも、友人でもない。わたしと彼の間に、特別なつながりはなくなったのだ。

もう彼に振り回されない、新しい人生を歩んでいく。

「……分かった。じゃあ、今までありがとう。さようなら」

社交の場にいるように笑顔を作って、お別れの言葉を言う。

すると、ラファエルは口を開いて——しかし、声を発することなく閉じた。

そして、わたしに背を向ける。

「ああ、さようなら」

わたしはラファエルが馬車に乗って去って行くのを見送ってから、ベルナールのもとに戻っていった。

そのあとは、簡素ながら結婚式をした。

衣装は借り物のシンプルなウエディングドレスだったけれど、プリンセスラインなのでそれだけでも可愛かった。

ベルナールも目を逸らしながら「かわ……いい、ぞ」と褒めてくれて、言い慣れてないのに頑張って伝えてくれるのが嬉しい。

ベルナールの白いタキシードも借り物で、彼は初婚なのにと残念に思ったが、彼自身は「男の服なんてどうでもいいだろ」と気にしていないようだった。

普段と違う服と、サイドを流したすっきりとした髪型が大人っぽくて、なんだかドキドキする。

「ベルナールも、すごくかっこいいわ」

そう言うと顔を赤くして頷かれたので、かわいいと思った。

「それでは、誓いのキスを」

司祭様の言葉を受けて、ベルナールと初めてキスをする。

これでやっと二人で人生を歩んでいけるのだと思うと、ふわふわとした、お酒に酔っているような甘い痺れが身体を包んだ。


式が終わって、シュヴァリエ邸に帰って来たのは夜だった。

ベルナールを歓迎する豪華な夕食を食べて、お風呂に入る。

「ふふ、ブリジット様のお世話をさせていただくのも久しぶりですわ」

「これからまたよろしくね」

以前わたしについていた侍女に身体を洗われる。

エルランジェの侍女たちに慣れたと思っていたが、帰ってくると、こちらの方がしっくりきた。

式が終わって帰る時、お義母様もラファエルのことを謝ってくださって、『ベルナールのあなたへの想いも聞いているから応援しているわ』とまで言ってくださったので、ほっとした。

少しだけ、わたしが我慢して結婚生活を続ければ家同士の仲がこじれることはなかったのに、と責められないか不安だったのだ。

色々あったものの、禍根《かこん》を残すことなく新しい人生を迎えられて良かったと思う。

ネグリジェを着て寝室に行くと、まだベルナールはいなかった。

これから初夜だと思うとドキドキするが、不安はなかった。

ベッドで待つとあからさますぎるかなとか、でもソファだとどのタイミングでベッドに行くか困りそうだなとか考えた結果、おずおずとベッドに座る。

この夫婦の寝室は、ベルナールが婿入りするにあたって用意したものだった。

準備する時間が短かったので家具もわたしが決めてしまったが、気に入ってくれるだろうか。

わたしはきらきらふわふわしたものが好きだけれど、ベルナールは落ち着かないかなと思って、シンプルにした。白い壁紙に、家具は全体的に落ち着いた茶色い木製のもので、絨毯は紺色だ。

確認するように部屋を一通り見回したけれど、ベルナールはまだ来ない。

普通、お風呂は女性の方が時間がかかるから、ベルナールが先に部屋に居るか、すぐに来ると思っていたのだが。

本でも持ってくればよかったのかなと思ったが、集中できないか、と苦笑した。

もうすぐベルナールと抱き合ったりキスをしたりするのだと思うと、そわそわしてまったく落ち着かない。

ハグもなかなかできなかったから、もう我慢しなくて良いんだ、という嬉しい気持ちはもちろんある。

けれど同時に、ずっと友達として接していて、甘い雰囲気になったのなんて本当に最近の何回かだけだから、照れ臭くてしょうがない。

それでも、ラファエルとするんだと緊張していたあの頃よりしっくりする気がした。

ネグリジェの裾を触ってみたり、髪の毛を指で弄んでみたりして緊張を誤魔化していると、ドアがノックされた。

「は、はい」

「失礼……する、ぞ」

返事をすると、扉が開いてベルナールが入ってきた。

顔を真っ赤にして固まっているので、隣をぽんぽんと叩くと、ゆっくり歩いてきて隣に座る。

その動きもなんだかカクついていて、緊張していることが伝わってきた。

普段はわたしよりしっかりしているし、最近はすっかり頼りきりだったが、やっぱりかわいいなと思う。

心臓の音でも聞こえてきそうな姿を見ていると、わたしの方が一歳年上だということを思い出して、少しだけ余裕が生まれた。

「あの、ぎゅってしてもいい？」

そう聞くと身体を跳ねさせたあと、おずおずと頷いた。そして両手を広げてくれたので、そこに滑り込むように身体を預ける。

「っ……」

ベルナールが息を呑んで、やさしく抱き締めてくれた。

どくんどくんと心臓が暴れているのも、彼の荒い息も伝わってくる。

それと同時に石鹸とその奥に混じる彼の汗の香りを感じられて、うなじが痺れるような気がした。

部屋で二人きりになって、こうして何も気にせず触れ合える。

今はまだ不思議な気分だけれど、これが日常になるのだと思うと、それだけで幸せだった。

「どう、したんだ？」

緩みきった顔をしていると、ベルナールが聞いてきた。

「ううん。もう我慢しなくていいんだなって、嬉しくて」

「お、まえっ……！　いや、……あー……うん……」

ぎょっとしたように叫んだベルナールに、手の甲のキスで我慢するって言ったのはあなたじゃないと思いながら見上げていると、なんだか困ったような顔で頷かれた。

そういう素直な反応も可愛くて見つめていると、ベルナールの喉仏がごくんと上下する。

「……キス、してもいいか？」

「うん。ふふ、聞かないで、いくらでもしてくれていいよ。だってもう、夫婦じゃない」

笑って言うとベルナールは一瞬泣きそうな顔をして、ゆっくりと口付けてきた。

やわらかい唇同士が触れ合って、それだけでぴりぴりとした幸せな痺れが全身に広がる。

顔が離れて再び見つめ合う。

近い距離で触れ合えているだけで、多幸感が全身を包み込んだ。

でも、これだけじゃ足りない。今まで我慢した分、いっぱい彼を感じたい。

「ねえ、また、キスしていい？」

「……聞かないで、いくらでもしていい」

同じことを返されて、くすくすと笑いながら顔を近づけた。

唇を触れ合わせると、腰を抱くベルナールの指先がぴくりと動くのが可愛かった。

何度かして顔を離すと、今度はベルナールの方からキスをされる。

比べるのは良くないと分かっているが、なんというか、ラファエルの時のわたしは受け身だったのに、ベルナールが相手だと自分からもしたいと思えた。

戯れるようなキスが終わって、ベルナールが恥ずかしそうに視線を逸らす。

「あのさ……その、今日が初夜ってことで……いいん、だよな？」

「……うん」

初めて抱かれることへの恐怖よりも、今まで知らなかったベルナールを知られるという期待の気持ちの方が大きかった。

「その……俺、そういう経験ないし……。上手くできないかもしれないから、もし痛かったり嫌だったりしたら、遠慮なく言って欲しい」

そう真剣な瞳で目を見ながら言ってくれて、胸に温かいものが広がっていく。

「うん。でも、上手くできないかもとか……そういうの、関係ないよ。わたしだってその、初めてだから、よく分からないし……。い、一緒に、がんばろう？」

「……ああ。ありがとう」

ベルナールがくしゃりと泣きそうな顔で笑って、わたしを抱き締めた。

こういうのは殿方に任せるように、なんてよく言われるが、わたしも一応年上なんだし、と口を開く。

「あ、えっと……ぬ、脱ごう、か？」

女性の寝衣を脱がすのも慣れてないだろう、と提案してみると、「あ、ああ……」と赤くなって俯いてしまったので、きゅんとした。

お互い視線を逸らして、ごそごそと服を脱ぐ。

ふとベルナールの下半身が目に入ってしまって、その、大きく立ち上がったそこにびっくりしてしまった。普通がどうなのかは分からないけれど、まだ触ってもいないのに、あそこまでなるものなのだろうか。

「だきしめる、ぞ」

そわそわしているとそう言われたので頷くと、鍛えられた身体に抱き締められた。ベルナールは割と細身な印象があったのだが、こんなに筋肉がついていたのだとドキドキする。

触れる肌が全て熱くて、それだけベルナールが興奮しているのだと嬉しくなる。

ゆっくりと押し倒されて、ベッドに身体を預ける。

そして顔が近づいてきたので、ぎゅっと目を瞑った。

何度か触れるだけのキスをして、舌先が窺うように唇をちろちろと舐めてくる。

唇を開くと、熱い舌が入り込んできた。

そのままわたしの舌をベルナールのそれが舐めて、敏感な粘膜同士が触れ合う初めての感覚にお腹がじゅんとする。

唇が離れると胸を触られて、びくんと身体が跳ねた。

ベルナールが焦ったような顔をしたので、「大丈夫、びっくりしちゃっただけ」と答えて、力を抜く。

するとベルナールの手が優しく乳房を包んで、やわやわと揉んだ。

「……っ……ふっ……」

くすぐったいような、それとは違うような不思議な感覚に全身がむずむずする。

ベルナールの様子を窺うと、真剣な顔でわたしの胸をじっと見下ろしていた。

その先にある立ち上がった乳頭が目に入って恥ずかしくなり、視線を逸らす。

「あっ……！」

ぴりっとしたものが走って目を向けると、胸の頂をベルナールの指が撫でていた。

先程までとはまた違う感覚に、なんだか下腹部がじわじわと熱くなってくる。

もぞもぞとシーツを引っ張っていると、わたしの顔を見つめるベルナールと目が合った。

「あっ……や、あ……っ、みない、で……」

絶対変な顔をしているからと首を振ると、ベルナールはもう片方の手でまだ触られていない乳房を掴んで、その先端に顔を近づけた。

ぺろりとそこを舐められて、思わず仰《の》け反る。

「あっ！」

一方はすりすりと硬い指の腹で撫でられて、もう一方はやわらかく熱い舌に舐《ねぶ》られる。

もう顔は見られなくなったけれど変な声が止まらなくて、恥ずかしさは変わらなかった。

「あ、あ、だめっ……あ、や、やだぁっ……」

恥ずかしくて、自分が変になりそうで首を振る。

だってさっきから身体が熱くて、お腹がじゅくじゅくして、腰が跳ねるのが止まらない。こんなのおかしい。

「痛い？」

手と舌が止まって、そう聞かれた。

痛いわけではないから首を振ると、また乳頭を撫でられる。

「ん、んんぅっ……」

「痛くないのなら、気持ち良いんじゃないかって思うんだが……どうだ？　いやか？」

「え、あっ……ぅぅん、と……」

き、気持ち良い……？　これがその、性的快感、というものなのだろうか？

与えられる感覚に集中する。

くすぐったいに近いものの、くすぐられている感じとは違った。くすぐられている時みたいに逃げたいような気もするけれど、でも同時に、やめないで欲しいような。

「どうだ？　嫌ならやめる。ブリジットが嫌がることは、したくない」

そう言って手を止められてほっとしたが、それはそれでなんだか物足りないような気がしてくる。

じゃあやっぱり、気持ち良いということなのだろうか。

「わ、分かんないけど……、い、いやじゃ、ない……。たぶん、気持ち良い、んだと思う……」

そう言うと、ベルナールははあっと熱い息を吐いて、また胸に顔を近づけた。

今度は胸の先端を口に含まれて、温かい口内で舐《ねぶ》られる。もう片方はまた指で撫でられて、胸が仰《の》け反った。

「あ、ああっ……！　あ、あ、はああ、あ、あっ……！」

恥ずかしいのは嫌だけれど、この感覚自体が嫌なわけじゃない。

だからベルナールに気を遣わせないように、否定の言葉が漏れないよう気を付けた。

それでも甘く痺れながらどこかに落ちていくような感覚が怖くて、ベルナールの腕を掴む。

そうするとなぜか落ち着いて、彼から与えられる甘美な痺れを受け止めることができた。

「はあっ……あ、あ、んんっ……は、あっ……ああっ……！」

どれだけそうしていたのか分からない。時間的にはそう経っていない気も、長時間嬲られていたような気もした。

胸が解放された頃には関係ないはずの下腹部が痺れていて、股の間が湿っている感覚がした。

一度も触ったことのない性器がむずむずして、それがまた恥ずかしい。

みんな、こんなものなのだろうか。わたしが特別変でなければ、いいのだけれど。

足を広げられて、緊張で震えてしまう。

恥ずかしいが、本当の夫婦になるために必要なことだからと我慢する。

じっとそこを見つめる視線に耐えられなくて、わたしは顔を背けて深呼吸を繰り返した。

くちりと音を立てて指が触れ、上下に撫でられる。

指が当たると乳頭を触られた時に近い痺れが走る場所があって、そこを触れられる度にぴくんとつま先が跳ねた。

そして膣口に指先が当てられて、一本、ぬるりと入ってくる。

そのまま何往復か抜き差しされて、体内に異物が入っている感覚に耐えきれず、息を吐いた。

「痛くはないか？」

「うん、大丈夫……」

ゆっくりとそこを広げるように指を回されて、くちゃっと濡れた音がするのが恥ずかしい。

そして二本目の指が当てられたが、中には入らなかった。

「あ、いたっ……！」

「わ、わりぃ！」

入ってこようとしたけれど、そこを広げようと力が加わると痛くて、腰が引けてしまったのだ。

ベルナールがすぐにやめてくれたのでほっと息をついたが、最終的には指よりもよっぽど太いものを入れるわけで、果たしてそんなことができるのかと不安になる。

どうしようと思っていると、ベルナールがわたしのそこに顔を近づけた。

まだ指が一本入っている膣口より、さらに上の部分に舌を這わせる。

「あっ……！」

突起を舐められて、乳頭を愛撫されていた時よりも大きい何かが全身を走った。

身体に力が入って、中の指をぎゅっと締め付ける。

そのままその突起を濡れた舌で舐《ねぶ》られて、声が止まらなくなった。

「あ、ああっ……！　あ、あ、はあっ、あ、ああっ……！」

きゅうきゅうと締まる中を指が動く。さっきまでは異物感しかなかったのに、中からも不思議な感覚が走ってきた。

その波に耐えられそうになかったけれど、痛いわけじゃないから嫌とは言わないよう、必死に意味のない音だけを流した。

「はあっ……あ、ああっ、あ、あ、あー、ああっ……！」

敏感な神経の塊が、熱くやわらかい舌に転がされる。

絶え間なく快感の波が身体を襲って、その間隔が短くなってくる。下腹部も開いた足も強ばって、声がだんだん上擦っていった。

そしてついに、全身を襲う快感の波を受け止めていたわたしの中の何かが、決壊した。

「あ、あああ～っ……！」

じゅわっとお腹から全身に何かが広がって、頭が真っ白になる。全身に力が入って、声を上げたあとに数秒間、息が止まった。

力が抜けてベッドに身体を預け、必死に息を吸い込む。

なんだか視界がぱちぱちとして、生まれ変わったような不思議な気分だった。

「だ、大丈夫か？」

「……う、うん……」

ベルナールに聞かれて、ぽやぽやとしたまま頷く。

「……かわいい」

彼は今まで見たことがないほど熱い瞳でわたしを見下ろして、秘部にもう一本の指を当てた。

先程の痛みが嘘だったかのように二本目が入って来て、中を広げる。

「あ、ああっ……」

どうしてかその広げられる感覚にすら痺れが走って、声が漏れた。

指が膣壁を擦る度にくちくちと音が鳴って、そこから甘い刺激が全身に流れていく。

「は、は、はぁっ……あ、ああっ……」

むしろなんだかむずむずとして、もっと奥に欲しいような、そんなはしたない気持ちになる。

もう、大丈夫なのではないだろうか。

「あ、も、もうっ……へいき、だと思う……」

「本当か？　無理してるとかじゃ……」

心配そうな声に首を振った。

「だ、大丈夫。きて……？」

そう言うとベルナールはごくりと唾を飲み込んで、指を抜いた。

それにも腰を跳ねさせながら、深呼吸をして待つ。

「ちゃんと、痛かったら言えよ？」

「うん……」

ベルナールが自身の性器を持って、わたしのそこに当てる。

その大きさと熱さにドキドキしながらも、入れやすいようにと努めて身体から力を抜いた。

ぐっと先端が押し付けられて、ゆっくりと中を広げて入ってくる。

初めは順調にずりずりと入ってきたのだが、途中で痛みが走った。

「あ、い、いたっ……！」

「っごめん！」

ベルナールが止まって、ぐっと歯を食い縛る。

彼も痛そうで申し訳ない。

「わりぃ、すぐ抜く……！」

「あ、だめ、動くといたいぃ……！」

すぐ抜こうとしてくれたけれど、擦れるだけで痛くて、どうにもできなくなってしまった。

とりあえず動かなければ我慢できそうなので、できるだけ痛みに慣れるように深呼吸を繰り返す。

そうしているとベルナールがなだめるようにキスをしてくれて、しばらくすると、無意識に強ばっていた身体から力が抜けてきた。

「も、もう、大丈夫、そう……」

「……ごめん。今日はもう、やめとくか？」

「ううん。せっかくここまできたんだし、最後までしよ……？　たぶん、大丈夫だから」

そう言うとベルナールは少し迷ったようだったが、おずおずと頷いた。

「分かった。できるだけ痛くならないように、頑張る」

「うん」

そうやって気遣ってくれるだけ嬉しいし、安心できた。

ベルナールが腰を進めて、中に入ってくる。

その合間にもちゅ、ちゅ、とキスをしてくれて、その度に力を抜くことができた。

圧迫感はすごいし痛みも少しあるけれど、おかげで全部入れることができたようだった。

ぴったりとくっついたベルナールの下腹部を感じて、ほっと息をつく。

「ぜんぶ、入った……？」

「ああ。……ありがとう、ブリジット。すごく気持ち良い……」

目を細めて息をついたベルナールが色っぽくて、きゅんとしてしまった。

「良かった……。一緒になれて、すごく嬉しい……」

「俺も、すごく幸せ……」

ベルナールがそう言って頬を擦り寄せてきたので、ふふ、と笑って背中を撫でた。

大好きな人とこれ以上なく密着して、互いの存在を感じ合う。

その幸福は想像以上で、今までの全てが報われるようだった。

彼が今までわたしに抱《いだ》いてくれていた感情とその期間を考えると、その感動もひとしおだろう。わたしも今までを思い返して、小さい頃から友達だと思っていた相手とこんな関係になったと思うと、不思議な気もした。

けれど同時に、とてもしっくりくる。

今わたしに触れている体温をずっと感じられない人生を送っていた可能性があったというのが、信じられないくらいだ。

ベルナールが頬を離してキスをしてきたので、それに応える。

何度か触れ合わせるようなキスをして、今度は唇を開いて舌を絡め合った。

ドキドキするのにどこか安心できて、癖になりそうだ。

「動いていいか？」

「うん……」

そう言われる頃にはすっかり圧迫感も痛みもなくなって、ベルナールがゆっくりと性器を引いても大丈夫だった。

むしろ膣壁を擦られると痺れが走って、ゆっくりと突き入れられると、下腹部にじゅんっと溶けだすような甘い熱が響く。

「はあっ……あ、あっ、あ、ああっ……あ、き、きもちいっ……」

ベルナールが不安そうな顔をしていたのでそう言うと、ぐっと歯を食い縛って動きが速くなった。

痛くなることはなく、むしろ身体に走る甘い波の間隔が短くなって、いっぱいいっぱいになってしまう。

「あっ、あ、ああっ、べ、べるなーるっ……すき、すきぃっ……！」

「ブ、リジット……！　はあ、好きだ、愛してるっ……！」

何かに追い立てられるようにそう言うと、ベルナールはわたしをぎゅっと抱き締めてキスをしてくれた。

けれど腰の動きは止まらなくて、上からも下からも気持ち良い痺れが走って、身体の中でぶつかり合っているようだった。

さらに片方の胸の頂を優しく摘まれ、その刺激を受けてぎゅううううっとベルナールを締め付けてしまう。そうして締まった中を彼が激しく動いて、あらゆる場所から流される快楽にどうにかなってしまいそうだった。

きつく抱き締められて貪られて、それだけ彼に求められているのだと感じ、さらにわたしを満たしていく。

「も、イきそ……、だしていいっ、か……？」

「うん、うん、だしてっ……！」

必死に頷くと、ベルナールはさらに速く腰を動かした。

そしてぐっと最奥まで性器を突き入れると、腰を震わせる。

中の性器がどくどくと脈打つと同時にじわりと熱が広がって、これで本当の夫婦になったんだ、と感慨深くなる。

初めての人が彼で、そしてこれからもずっと、彼とだけ。

昔はラファエルに手を出されないことが悩みだったけれど、それで良かったと思った。

「っはあ……」

ベルナールが息を吐いて腰を引き、ずるりと抜けていった。

わたしはもう疲れ切っていて、ぼんやりとした心地のまま彼を見つめていた。

すると、優しく頭を撫でてくれる。

「ありがとう、ブリジット。すごく可愛くて、気持ち良かった」

「うん……わたしも、良かった。愛しているわ、ベルナール……」

「ああ。俺も、愛してる」

そしてその幸せのまま、わたしたちは眠りについた。

エピローグ

決闘した時、俺は、邪魔者《弟》を消すつもりだった。

あの雌《カロリーヌ》の排除には人を使ったが、その方が効率が良かったからそうしただけだ。

元々直接手を下すことは厭わないし、俺に家族の情などない。

迷うことなく、体勢を崩しかけた弟に剣を振りかぶった。

しかしそれを振り下ろす瞬間、目の前に、ブリジットが現れた。

可愛らしく大きな瞳と目が合う。

なぜ、などと考える余裕はなかった。

振り下ろされる腕を止めるのも、もう間に合わない。勢いを緩めたとして、彼女に刃が触れるのは避けられそうになかった。

咄嗟に、反対の腕を滑り込ませる。

『ブリジッ――――!!』

剣が自身の腕に身を沈め、痛みとともに血が噴き出す。

だがそんなことよりも、彼女を失わなかったことに安堵した。

この世で唯一の、綺麗な雌《ひと》を。

『はあっ……はあっ……はあっ……』

彼女を失う危機が去れば、当然、どうしてこんなことを、と思う。

目の前のブリジットはベルナールを背に庇い、俺を睨むように見上げていた。

人が他人を庇う。

それは、物語でよく見る行動パターンだった。大抵、愛する人を守るために行われる。

つまりブリジットは、ベルナールのことを――

『いっ、一対一の原則を破ったブリジット側を失格とし、ラファエルの言い分を認める！　さあ、早く手当を！』

父の声が聞こえるが、もうどうでも良かった。

ブリジットは、ベルナールに心を移したのか。

再婚の話も、混乱しているところをベルナールにつけこまれて、流されているだけだと思っていた。

ブリジットは俺を愛しているはずで、今は難しくとも、いつかは理解してくれる。そう信じていた。

だがどうやらそうはならず、もう、彼女の心に俺はいないらしい。

命を失う危険を冒してまで守るほど、ベルナールのことが大切なのか。

以前は輝くように見えていたブリジットの姿が、色褪せていく。

夫がいながら他の男に現《うつつ》を抜かすなど、そこら辺の雌と同じではないか。結局彼女も、その程度だったらしい。

『……無駄な怪我だったな。結局、雌は雌か』

この怪我も、今までも。全てが無駄だった。

もっと早くあの雌《カロリーヌ》の処理が終わっていれば、こうはならなかったのだろうか。

知り合いの男にはとうに依頼していたのに、あの雌《カロリーヌ》がなかなか外に出なかったから、処理があの日になってしまったのだ。

手紙が出される前に消せていれば、こんなことには……

いや、もう、それもどうでも良い。

ただブリジットが、そこまでの雌だったというだけだ。むしろ、分かって良かったじゃないか。

肉欲のない澄んだ瞳で、純粋に、真っ直ぐに自分を慕う彼女だからこそ、価値があったのに。

何があっても一人の男だけを愛する気概もなく、他の男に寝返った。そんな雌に興味はない。他の有象無象と同じだ。そうだろう？

『……二人の愛に胸を打たれたよ。わたしは身を引こう。どうぞお幸せに』

こういう場面に相応しい、思ってもいない言葉と表情を引っ張り出す。

『そ、それは……？』

『離婚を認めます。……さようなら、ブリジット』

治療を受けるために館に向かいながら、溜息をついた。

彼女でも駄目だったのだから、やはり、この世にまともな雌などいないのかもしれない。

そこからは、簡単だった。

最近はブリジットと接する際に良いサンプルがなくて手探りだったものの、あとはもう、いくらでも取り繕える。

しおらしく反省する素振りでも見せれば、あっけなく離婚の話と、彼女たちの再婚の話は進んでいった。

離婚の日。シュヴァリエ伯にも頭を下げると、少々苦言を呈されるだけで終わった。

これでもう、彼女ともおさらばだ。

彼女もただの雌だったわけだが、きっと彼女ほど可能性を感じる存在もいないのだろうと思うと、少しだけ残念だった。

いや、どれだけ可能性があろうとも雌は雌なのだから、気にするなと頭を振る。

『ラファエル！』

教会で離婚の手続きが終わって帰ろうとした時、ブリジットに呼び止められた。

今更なんだろうと振り返ると、彼女はびくりと肩を揺らす。

『あの……その怪我、ごめんなさい。わたしのせいで……』

『まったくだね』

そっけなく返すと、彼女は肩を窄《すぼ》めて戸惑うように俺を見上げた。

今まで俺を騙していたくせに、まだ以前のように接してもらえるとでも思っていたのだろうか。

自分を恐れるような姿に腹が立って、口が動く。

『まあ、お前がその程度の雌《おんな》だって分かったからいいけれどね。そうビクビクされるのも癪に障るから言っておくが、夫がいながら他の男に現《うつつ》を抜かすお前なんて、綺麗でもなんでもない、ただの雌だ。興味ない。だからそうやって、自分は特別みたいな顔をするな。腹が立つ』

『なっ……！』

ブリジットは口を開いたが、言葉を発することなく閉じた。

そして、少し黙り込む。

『……分かった。じゃあ、今までありがとう。さようなら』

そう言って他人行儀な笑みを作る彼女に、本当にこれで終わりかと思うと、少しだけ引っかかるものがあった。

彼女とだったら、人を愛する気持ちというものが分かりそうだと感じていた。

結局あの日々はまやかしだったけれど、あの時、俺が抱いていた想いは本物だったのだ。

あれだけ大事にしてやっていた処女だけでも奪ってやればよかったかと考えて——それこそまだこの雌に囚われているようではないか、と思考を振り払う。

ただの雌なんて、言い寄ってくることがあれば処理には使うが、どうでもいいものではないか。

もう、彼女は特別じゃない。そう言ったのは自分だ。

『ああ、さようなら』

もうお前なんて、俺にとっては何でもない。

そんなつもりで、いつもの仮面を貼り付けた。


その後、ベルナールもいなくなったので、いよいよ後継者問題が迫ってくる。

雌ほど男の再婚は困難ではないし、俺と結婚したがる雌はたくさんいた。

候補の中で最も家のためになり、子を産むにも適しているだろう若い雌と再婚した。

元々、結婚に特別な意味などない。ブリジットだったから、意味があったと思っていただけだ。

たまたま以前から使っていた雌の肩書きが妻になり、家の中で手軽に欲を処理できるようになっただけだった。

子どもを作るのが目的なので、避妊も必要ない。

けれど常に、後ろ髪を引かれるような気分だった。

どこかに、まともな雌はいないのだろうか。

出会う雌は全て欲に濡れた同じ目をしていて、ブリジットのような輝きはない。

ブリジットとの幸せだった頃の夢を見ては、彼女も結局は雌だったではないか、と自分に言い聞かせる。

そんな日々を過ごしていたから、彼女が妊娠したという話を聞いて、憑き物が落ちるようだった。

ほら。あんな顔をしていたくせに、やることをやっているのではないか。

ベルナールに抱かれて、他の雌と同じような醜態を晒しているのだ。

これでもう、あの雌の幻を追わなくて済む。

◇　◇　◇

わたしたちが結婚したあと、社交シーズンも終わったので、シュヴァリエ伯爵領に帰った。

ベルナールは次期シュヴァリエ伯として勉強していて、わたしもそのお手伝いができるよう、お母様に扱《しご》かれている。

昼間は忙しく働いて、それが終われば熱い夜を過ごす毎日だった。

初めの方こそたどたどしかったものの、今はお互いに慣れたもので、わたしももう痛みは感じない。

ベルナールも今やわたし以上にわたしの身体を知っているのでは、と思ってしまうほど、毎晩ぐずぐずにされてしまっている。

しかも以前は寝室に来る前に何回か出してから来ていたようだったけれど、最近はそれをしなくなり、さらにベッドの上で絡み合う時間が増えた。

正直、月のものが来てない時はずっとそんな感じだから疲れてしまうし、本当に疲れて無理な時は、言えばやめてくれる。

でも結局わたしもベルナールと触れ合えるのが嬉しくて、許してしまうことの方が多かった。

そんな日々を過ごしていたので、翌年の社交シーズンには妊娠が発覚し、家でゆっくりするようにしていた。

夜会には出なかったが、王都のシュヴァリエ邸には一緒に滞在していたので、カロリーヌ様の事件がどうなったのかも聞いた。

実行犯は何人か捕まって、治安が悪くなった頃から王都付近に拠点を移していた荒くれ者集団の下っ端だったそうだ。重要なことは何も知らず、組織の壊滅には繋がらなかったため、まだ治安は改善されていないという話だ。

オベール伯の馬車を狙ったのもたまたまだったという話で、ラファエルとの関係は何も見つかっていない。

本当に？　とは思うものの、実際に騎士団の方の調査では何も出ていないわけだし、疑ってしまったけれど、何もないのだろう。きっと。

今でもふとカロリーヌ様のことを思い出すと、上手く説明できない気持ちになる。

彼女を慕っていた時期もあったが、人の夫と不貞を繰り返し、それを見せつけてきたことを思えば、到底好意的には思えない。

それでも彼女の行動があったからこそ今の幸せがあるのだと思うと、憎みきれなかった。

そしてなによりも、彼女はもうこの世にいない。

ラファエルは、罰が下ったとかなんとか言っていた。

もちろん彼女がしたことは悪いことだけれど、亡くなって良い人なんていない。

悲しく痛ましい事件だったし、怖い思いをした分、せめて神の国で安らかに過ごして欲しいとは思う。

そしてラファエルだが、彼も再婚したそうだ。

お義母様からベルナールへの手紙で知ったのだけれど、相手はわたしとベルナールが『満月』に乗り込んだ時にいた令嬢だった。

彼がまともな家庭を築けるのかは分からないが、相手も相手なので、ラファエルの女癖については承知の上だろう。

しばらくは彼に報復されるのではないかという不安が消えなかったが、実際、彼が何かしてくることはなかった。

わたし自身、悪阻や子どもを迎える準備が大変だったこともあって、次第にそんな不安は薄れていった。


そしてさらに翌年、出産を終えたわたしは、ベルナールと共に社交界に出た。

去年はベルナール曰く好奇の視線が結構あったようだけれど、一年も経った今、少し落ち着いたようだ。

しかし挨拶回りをしている最中、ラファエルに出会うと、当然こちらを気にする視線を感じた。

「久しぶりだね、ベルナール、ブリジット。元気そうでなによりだよ」

息を呑んだわたしたちに対して、ラファエルは顔を一切歪めることなく、にこやかに言った。

腕の傷はすっかり治ったようで、普通にグラスを持つ姿に安心する。

ただ、あんなことがあったとは思えない普通の反応に、ほっとするような、そわそわするような。

その感情を隠して、笑みを張り付ける。

ベルナールもそのあたり上手くなったようで、笑って挨拶を返した。

「久しぶり、兄上」

「久しぶりね。あなたも、お元気そうでなによりだわ。奥様は？」

一人だったので聞くと、彼は笑みを深くする。

「先日、妊娠していることが分かってね。だからここには来ていないんだ」

今回は妻を抱いたのかと驚いたが、今の奥さんはわたしとは違って元から関係があったわけだから、それもそうかと納得した。

「そうだったのか。おめでとう」

「ありがとう。そちらも、この前産まれたんだろう？　おめでとう」

自然に言われて、一瞬、背筋をひやりとしたものが撫でた。

けれど他意はなさそうだったので、笑って返す。

「ええ、ありがとうございます」

「健やかに育つことを願っているよ。じゃあ」

そう目を伏せて笑うと、ラファエルは去って行った。

再会するのが少し怖かったが、終わってみるとあっさりとしたものだった。

他の人と接する時と様子が変わらなかったので、もうわたしたちのことは気にしていないのだろう。

このまま、彼とは深く関わらずに生きていきたいものだ。

そんなことを思っていると、隣のベルナールにぎゅっと手を握られた。

その顔はどこか不安そうで、わたしの前の夫との遭遇に、何か思うところがあったのかもしれない。

「どうしたの？」

「いや……。そろそろ、踊らないか？」

気持ちを切り替えるように言われて、踊っている人たちに視線を移す。

なんだかんだ結婚してから舞踏会に出られていなかったので、ちゃんとした場所でベルナールと踊るのは初めてになる。

以前、ベルナールを踊りに誘って怒られたことを思い出した。

もういつでもどこでも彼と踊れるのだと、改めて嬉しくなる。

「ええ、行きましょうか」

やっと一緒に、絵本の再現ができる。

わたしはうきうきとした気持ちで、彼と共にダンスホールへと向かった。

番外編　ベルナールの幸福

物心ついた頃から、ブリジットのことが気になっていた。

ウェーブのかかったやわらかい金髪に、丸く大きな青い目。細く白い手足に、薄く色づいた頬。

形作るもの全てが愛らしくて、天使を想像した時に、自然とブリジットを思い描くほどだった。

彼女が家に来たり、家族でシュヴァリエ領に行ったりする時はそわそわした。

ブリジットと兄上の交流のために会っていたのだろうが、二人は歳が離れているから、俺と彼女が遊んでいるのを、兄上が見守ることが多かった。

けれど、ブリジットは遊んでいる俺ではなく兄上が気になるようで、ことあるごとにちらちらと兄上に視線を送ったり、何かあれば報告に行ったりしていた。

俺はブリジットにかまって欲しくて、嫌がる彼女をくすぐったり、虫を捕まえてわざと見せたりしては、兄上に怒られていた。

ブリジットは兄上が助けに来ると嬉しそうに笑って、兄上に抱きつく。宥められるとあっさりと機嫌が良くなってけろりとして、俺と遊んだ。

それにまたもやもやして、ブリジットにちょっかいを出す。

そんなことを繰り返していた。

まだ十歳にもなっていなかったある日、領地でピクニックをしていた時だ。

草原に敷物を敷いて、靴を脱ぎ、その上で軽食を楽しんでいた。

俺はじっとしていられなくて草原で遊び、虫の死骸を見つけ、ブリジットの靴に入れた。

そんなことをしてはいけない、という意識もない。普段どおりのいたずらだった。

ただただ、俺がすることに何か反応するブリジットが見たかった。

きっと泣いたりするんだろう。それで、涙を流したまま俺に怒ったりして。その姿もかわいいんだろうな。そしてその時の彼女の頭の中は、兄上ではなく俺のことでいっぱいなのだ。

そんなふうに自分の欲求のことしか考えていなかったし、歪んだ好意の表し方しかできなかった。

案の定、ブリジットは靴を履こうとしたところで中にいる虫に気付き、泣いた。

兄上がすぐ俺に近づいてくる。

いつもは優しい兄上だが、ブリジットが絡むことについては厳しかった。

こうして兄上に怒られそうになる瞬間だけ後悔するものの、やめられなかった。

俺は、これしかブリジットの特別な反応を引き出すすべを知らなかった。

『ベルナール』

兄上が怒気を乗せて呼ぶと、駆け寄ってきたブリジットが兄上の腕を掴んだ。

『だ、だめだよラファエル。まだベルナールがやったかも分からないのに怒っちゃ。決めつけるのは良くないよ』

頬を濡らしたままそう言われて、俺は叫びたくなった。

もちろんそんなことはしなかったが、今なら分かる。激しい後悔と羞恥に襲われて、感情がぐちゃぐちゃになったのだ。

この場にいたのは俺とブリジットと兄上、そして親たちだ。

虫が生きていれば自分で靴に入り込む可能性もあるだろうが、死んでいるわけだから、誰かが入れたとしか考えられない。

そしてこの場にいる中で誰がやるかといえば、俺しかいないだろう。年齢的にもそうだし、普段からブリジットにいたずらをしていた前科がある。

だから当然、兄上は俺がやったという事実に気付いて怒ろうとしたが、ブリジットはそうではなかった。確証がないのだから、決めつけては駄目だと。

子どもながらに、その心根の尊さが分かった。そんな彼女に、なんてことをしたんだと自分を殴り倒したくなった。

兄上にやったのか確認されて、嘘は良くないからと頷いた。

こっぴどく怒られ、泣きながらブリジットに謝る。

そして、むくれながらも許してくれた彼女のようにならなければ、と思った。

彼女が持つ、人への信頼を裏切るような男になりたくない。

これから、生まれ変わってやると決意した。

二人でふざけることはあっても、もう、彼女を本当に傷つけてしまうようなことはしないと誓ったのだ。

◇　◇　◇

「そんなこと、あったっけ？」

俺の話を聞いたブリジットは目を丸くした。

結婚してシュヴァリエ領に帰り、半年ほど経ったある日のことだ。

庭を散策して、休憩しようとベンチに座ると、彼女が言ったのだ。「わたしのこと、いつから好きだったの？」と。

正直に話すのは恥ずかしかったが、頬を染めながら期待した瞳を向けてくる姿が可愛くて、それに応えなければと話したのだ。

当時の俺はまだ恋だと気付いていなかっただろうし、おそらくもっと前から彼女に惹かれていたと思う。けれどあれが、彼女が俺の生涯愛する女性になった決定的な出来事だろう。

「覚えてなかったのか」

「うん。でも確かに思い出してみると、すごく小さい頃はいじわるだったような……？」

昔の記憶を探るように、斜め上に視線を向ける姿もかわいい。

俺にとって大事な出来事だったから寂しいような、でも情けない話でもあったから覚えていないことに安堵するような。

あれから俺は、人としての正しさというものを意識するようになった。

結果、自分でもそこそこまともに育ったと思う。

同時に、恋心を自覚しても、婚約者がいる彼女とどうこうなろうとするのは駄目だろうと、兄上と仲睦まじく過ごす姿を見て指を咥えるしかない、苦しい日々を過ごすことになったわけだが。

当時は兄上もまともだと思っていたし、ブリジットが幸せならそれで良い、と自分に言い聞かせていたのだ。

きっと彼女だったら、同じ立場でもそうするだろうと。

だが、兄上はとんでもないやつだった。

ブリジットが離婚するつもりだと知って、今しかないと告白した。

傷心に付け込んだようなものだったけれど、彼女には他に良いと思う人がいたわけでもなかったようだし、ちゃんと、越えてはいけないラインを越えないようにした。

それに応えてくれて嬉しかったし、苦しんでいた彼女を幸せにすると決意した。

あの頃は必死すぎて、今思うともっと良いやり方があったのだろうとは思うが、結果上手く収まったので、それでいいことにする。

あまり昔のことを考えていても仕方ない。

それよりも目の前と、そしてこれからの彼女との未来を見ていかなければならないのだから。

「今は？」

太陽の光に輝く金髪をすくって、小さな耳にかける。

顔を近づけて囁くと、ブリジットは俺を見上げて視線を彷徨わせた。

「や、優しいけど……やっぱりいじわる」

「なんで」

頬をぷくっと膨らませるのが可愛くて、笑みが零れる。

「そうやって、分かってるのに言わせようとするところとか」

もごもごと動く頬にキスをすると、顔を赤くした。

こういう触れ合いが許されるたびに、幸せだなと思う。

「ごめん。でも、ブリジットに褒められたくて」

羞恥に潤んだ瞳が上目遣いで俺を見た。

それに引き寄せられるように、彼女に口付けをする。

やわらかい唇の感触を味わうだけで、全身に甘酸っぱい心地良さが広がっていく。舌を絡ませたくなったが、がっついて引かれたくなかった。

触れ合うだけのキスが終わって、ブリジットがはにかむ姿に心臓が暴れ回る。

もっと彼女の可愛さを堪能したいが、夜まで我慢だ。

その後もゆっくりと休日を過ごして、夜になると寝室に向かった。

中では、ブリジットがベッドで横になって待っている。

いつ頃からか、こうしてリラックスしてくれるようになった。

俺もベッドに上がると、ブリジットが身体を向けてくる。

「そういえば、いつも遅いけど何してるの？」

普通、女性の方が風呂が長いだろうから、いつも彼女より遅い俺のことが気になっていたのだろう。

恥ずかしいが嘘は良くないし、彼女が照れる姿も見られるかもしれないという下心もあって、素直に言うことにした。

「あー……抜いてた」

「抜く？」

きょとんとした様子からすると、抜くという言葉の意味が分かっていないのだろう。

「あー……そのだな……自分一人で射精するって言って、分かるか？」

「一人で……？」

「そう。自分でこう、刺激して……」

手で輪っかを作って上下に動かす。

ブリジットは怪訝そうな顔でそれを見つめ、想像がついたのかじわじわと顔を赤らめていった。

令嬢とはみんな知らないものなのだろうか。それともブリジットだから、こういう知識に特別疎いだけなのか。

どちらにせよ、こんなことを教えて良かったのだろうかと思いながら手を止めた。

「その……早く出たら嫌だなとか、一回で終わるか分からなくて」

羞恥を誤魔化すように頭を掻くと、ブリジットはさらに顔を赤くした。

男の自慰を教えてしまった罪悪感と情けない下半身事情を吐露した後悔は、ブリジットの恥じらう可愛らしい姿に霧散する。

「ほら、俺まだ若いし、ブリジットがかわいいから。あんまりしつこいのも嫌だろ?」

追い打ちをかければ、両手で顔を隠されてしまう。

髪を除けて、赤く染まった耳朶《みみたぶ》をなぞって愛でていると、ゆるゆると首を振られた。

「べつに……いや、じゃない……」

「えっ」

どくんと心臓が脈打ち、血液が一気に送られる。それが下半身に集まり、膨張していった。

どうしても顔が見たくて手をどけると、彼女は眉尻を下げて泣きそうな顔で俺を見上げた。

しつこいの、嫌じゃないのか。

あまりの可愛さにそうからかいたくなったが、流石に可哀想だし、嫌われそうだと自制する。

「じゃあ、次から……しないで来るけど、いいんだな?」

興奮で声が震えているのが、自分でもいたたまれなかった。

だがブリジットは気にしていないのか、気付かないふりをしてくれているのか、小さく頷く。

「お、夫の、そういうのを受け止めるのが奥さん……でしょ?」

堪らなくなってキスをする。

触れ合うだけでは足りなくて、舌を差し込んで彼女のそれを絡めとった。ブリジットの口内は熱く、どことなく甘い。

震える手が背中に回されて抱き寄せられた。

もっと彼女を感じたいと、濡れた舌を吸う。

顔を離すと、ブリジットは肩で息をしながら瞳を潤ませていた。唇の端から涎が垂れている。

普段は清純で色事とは程遠い雰囲気の彼女のそんな姿は、かなりくるものがあった。

ネグリジェを脱がせようと手をかけると、視線を逸らしながらも脱がしやすいように身体の向きを微調整してくれる。

そうして現れたのは、小ぶりな双丘だった。

その先端には淡く色づいた突起があり、すでにその身を腫らして呼吸とともに震えている。

それにかぶりつきたいのを我慢して、やわやわと乳房を揉んだ。

俺の手にあっけなく覆い隠される様を見るのが、結構好きだった。

指の間から顔を出す乳頭が硬さを増していくのも興奮する。

「ふっ……」

ブリジットは熱い息を吐いて、自分の胸元に一度目を向けてから、恥ずかしそうに顔を背けた。

手のひらに収まるやわらかなかたまりを寄せ、その先端を舐める。

もう片方は指の腹で転がすと、白い身体がびくんと跳ねた。

「あ、あっ！」

甘い悲鳴を上げながら身を捩らせる様子に気分を良くして、舌先の硬い突起を吸い上げ、もう一方は指で挟み込んで軽く引っ張る。

「ん、あっ、ああっ！」

ブリジットは両手で俺の腕に縋りながら、身体を震わせた。

こうしていると、彼女を可愛がって甘やかしたい気持ちと、昔に抑え込もうと決意したいじわるしたい気持ちの両方が満たされた。

今度は舌と指先のそれぞれで弾くと、胸を反らせて喘ぐ。

いつまでもその反応を楽しみたかったが、もう性器が張り詰めて痛いくらいなのと、ブリジットももどかしそうに足を擦り合わせていたので、胸への愛撫はやめることにした。

ふうふうと呼吸を繰り返す唇にキスをする。

彼女も舌を絡ませてくれて、甘い痺れが身体中を這っていった。

しばらく堪能してから唇を離し、耳朶《みみたぶ》を指先でくすぐりながら首筋に舌を這わせる。

「あっ、あっ……」

そんな些細な刺激にも声を上げるのがかわいい。

耳を触っていた手を下に伸ばし、閉じていた足を除けようとすると、自ら開いてくれた。

その間を撫でると粘液が触れ、くちりと音が立つ。

積極的だな、もうこんなに濡れてる。と言いそうになり、口を噤《つぐ》んだ。

ブリジットは言われずとも自分の状況が分かっているようで、顔を真っ赤にして泣きそうになっていた。

それだけ羞恥に苛まれている彼女に追い討ちをかけるわけにはいかない。

こうして俺を迎え入れようとしてくれている嬉しさを、ただただ噛み締める。

左腕で抱き締めて、右手の指先に愛液を纏わせ、秘核に塗りつけるように優しく撫でた。

「んっ、はぁ、あっ……」

腕の中の身体が、熱い吐息を漏らしながら震える。

「大丈夫？　痛くないか？」

「うんっ……」

心優しい彼女は、もし多少痛くても、俺を気遣って我慢するだろう。だから、そういうことはないように注意を払っていた。

小さくてこりこりとしたそれをつい嬲りたくなるが、敏感な部分だからこそ、丁寧に扱わなくてはならない。

ブリジットの些細な表情の変化も見逃さないように、顔を見つめたまま撫で続けた。

円を描くように動く指先に、少しずつ力を入れていく。

息が荒くなっていき、「んっ」と眉が寄ったところで力を弱め、そのままの強さで刺激を続けた。

「あ、あーっ、あ、あ、はぁ、あ、んんっ……」

紅潮していく頬と悩まし気な甘い声にもっと追い詰めたくなるが、そこは我慢して、ひたすら彼女がいいだろう力加減で指を動かす。

初夜のあとも、彼女はしばらく緊張していたのだ。

あの夜、最終的にはなんとかなったものの、途中で痛い思いをさせたことには変わりがない。

やっと肩の力を抜いて、快楽に身を預けてくれるようになったのだ。

それを損なうようなことは絶対にしたくない。このまま、俺との行為に溺れて欲しい。

「かわいい」

囁けば、ブリジットの目尻から涙が零れた。

それが負の感情からでないことは、とろけた表情から窺える。

「あ、あっ、あっー、あ、ああっ！」

俺と目が合うと、恥ずかしそうに瞼を伏せた。そして、その可憐な身を震わせる。

腰が持ち上がり、より高い声を上げた。

「あっ……はあ、はあ……」

そして身体から力を抜き、必死に呼吸を繰り返す。

秘部を弄っていた手を離し、落ち着くまで額や頬に口付けを落とした。

「ん……」

息が整ってくると、彼女が俺の頬に手を添えて、互いの唇を触れ合わせる。

控えめながらも愛情を伝えようとしてくれているのが嬉しくて、しばらく戯れるようにキスを繰り返した。

そうしていると僅かに唇を開いてくれたので、そこに舌を潜り込ませ、再び深い口付けに酔う。

その間に足を開かせて彼女の中に指を入れると、難なく飲み込まれていった。

「はぁ、あっ……」

入口を広げるように指を動かしてから抜き、今度は二本まとめて入れていく。

今となっては、痛みを伴うことなく受け入れられるようになっていた。

手首を割れ目の頂点にある秘核に当てる。指先は、中からその敏感な部分の裏を押し上げた。

そのまま手を揺らして両方を刺激すると、びくんと腰が跳ねる。

「んっ！　ん、ん、んぁ、はぁ、ん、んんうっ……！」

下腹部を震わせながら、ブリジットが甘い声を上げる。

それでも唇を離したくないのか、首に腕を回して縋り付いてくるのが可愛くて。

やわらかい舌に吸い付きながらも、嬌声に悲鳴が混じらないか耳を澄ませる。すると、くちゃくちゃと愛液の音が鼓膜を擽《くすぐ》った。

「ん、んぁ、はあ、あ、ああっ！」

そしてついに唇を触れ合わせることもできなくなったのか、仰《の》け反ってさらに高い声を上げた。

俺の肩に爪を立て、恥じらう余裕もないとばかりに喘いで震える様は、画家に描かせて残したいくらいに艶めかしく、美しい。

もちろん他の人間に彼女のこんな姿を見せたくないので、いつでも思い出せるよう目に焼き付ける。

手首が疲れてきても動かし続けた。

そうしていると、ブリジットは腰を大きく跳ね上げる。

「ああぁっ！」

そしてすぐに脱力し、ベッドに身体を投げ出したまま荒い呼吸を繰り返した。

腰が戻る拍子に指が抜けたので、そばに用意されている布で愛液を拭き取る。

愛する女性を絶頂に導けた達成感が、心臓を甘く締め付けた。

「……もう、大丈夫だよ」

息が整ってくると、ブリジットは俺を見上げて囁いた。

男としては「早くきて」とか「ちょうだい」とか言って欲しい気持ちもあるが、こういう、色に呑まれきっていない感じもまたぐっとくる。

「じゃあ、入れていいか？」

ブリジットは小さく頷いた。

細い足を開かせて、蜜を零し続ける膣口に先端を当てる。

そして腰を押し付けていくと、ぬるりと飲み込まれていった。

「あ、あっ……」

「っはあ……」

その隘路《あいろ》はきつく締め付けてくるのに、同時に熱くやわらかい。

その感覚だけで力が抜けそうになりながらも進んでいく。

すっかり慣れたのか、ブリジットが顔を痛そうに歪めたり、悲痛な声を上げたりすることはほとんどなくなっていた。むしろ、気持ち良さそうな声が漏れている。

身も心も俺を受け入れてくれている証のようで、甘い痺れがうなじをくすぐった。

全てを彼女の中に収め、一呼吸つく。

すぐに動きたいほど気持ち良いが、そんなことをすればすぐに達してしまいそうだ。

ブリジットを見下ろすと、全身に薄っすらと汗をかいていて、それが室内を照らす僅かな光を反射して輝いているようだった。

「綺麗だ……」

無意識に口から零れていた。

ブリジットはぱちぱちと瞬きして、首を傾げる。

「きれい？」

「ああ。ブリジット、すごく綺麗だ」

「そ、そう、なの……？」

今更、照れたように視線を泳がせる姿が可愛らしかった。

身体の裏側から感情の波が襲ってきて、それを逃がすように彼女に口付けをする。

「好き。大好きだ。愛してる」

合間に囁けば、ブリジットは俺の背中に腕を回した。

「わたしも。んっ、愛してるわ、ベルナール」

堪らなくなって、腰が動いてしまった。一度動けば、もう止められない。

彼女の中の感触を味わうように、性器を抜き差しする。

「あっ、ああっ、あ、あっ！」

俺の動きに合わせるように響く嬌声が興奮を煽った。

腰を打ち付ける度に僅かながらもブリジットの身体がシーツを滑ってずれているのに気付いて、これ以上離れたくないと頭ごと抱き締める。

腕の中の小さな彼女が愛おしくて、その気持ちをぶつけるように、自然と動きが速くなった。

「はあっ、ブリジットっ……すきだ……っ」

ブリジットが喘ぎながら何度も頷いてくれて、片手で顎を支えて口付けた。

「ん、ん、んっ、んんうっ、ふうっ、んんんっ」

きゅうっと膣壁が締まった。

気持ち良いし、まるで中も俺に抱き着いてくれているようで堪らない。

「もう、イきそっ……だしていい？」

「うん、あ、あ、いいよ、あっ、だしてっ？」

甘い声と言葉、さらに締め付けてくる粘膜に後押しされて、彼女の中に射精した。

銀色の砂でも散らしたように、視界がちかちかする。

気持ち良さに腰を震わせながら、この世でただ一人、この行為を許されている幸福を噛み締めた。

彼女を悲しませた兄上を許す気は毛頭ないが、手を出さなかったという一点においては、心から感謝している。

出し切ったあとも離れがたくて、入れたまま何度かキスをした。

腰を引いて、力を失った陰茎を抜く。

体内で煮えていたマグマを出し切ったように、熱が引いていった。

だが、余韻に浸るブリジットの姿を見て、また興奮が湧き立ってくる。

抜いてこなかったらまた勃っていたなと思って、そういえば、次からは抜いてこなくていいと言われたことを思い出した。

するとまた血液が集まって膨らんでいく。

「早速だけど……また、いいか？」

「えっ？」

ブリジットは目を見開いて、そして赤みが引いてきていた肌を再び紅潮させた。

「う、うん……」

許された喜びが背骨に轟き、完全に勃ち上がる。

また同じ体位でやるのも味気ないかと思い、ブリジットの身体を引っ繰り返した。

「なあ。後ろからやってみてもいいか？」

実は、いつも正常位か対面座位ばかりで、後ろからやったことがなかった。

「え、ええ」

声色に戸惑いが滲みながらも頷いてくれた。

ブリジットの腰を持ち上げて膝をついてもらう。

白くまるい臀部に胸を高鳴らせながら、中に入っていった。

「はあっ……あ、あっ……」

膣壁は先程よりもさらにやわらかくなっていて、また愛液も増えたのか、精液のせいか、ずぷずぷと音を立てる。

最奥まで進むとやわらかくも小ぶりなお尻と俺の下腹部がくっついて、腹筋に力が入った。

普段と違う体位だし、顔が見えないから加減が難しい。

ゆっくり、優しく腰を動かし始めると、彼女はか細い声を上げながら背中を震わせた。

白くなめらかな背中には背骨や肩甲骨の隆起が僅かに見えて、普段見ない光景に興奮が煽られる。

「ぁっ、ぁぁっ……ん、はぁっ……」

しかし楽しかったのは始めの方だけで、次第に不安の方が強くなっていった。

声が普段より控えめな気がするが、もしかしたら、あまり後ろからするのは良くないのだろうか。

顔が見えないから、判断がつかない。

それに、艶めかしい後姿は眼福だが、それよりも彼女の感じている表情が見たかった。

やっぱりやめようか、と口を開こうとしたが、ブリジットの方が早かった。

「あ、あのね、ベルナール……いつもみたいに、ぎゅってしたい……」

「ああ。俺も、そう思ってた」

同じことを考えていた嬉しさの反面、やっぱり良くなかったのかという後悔に胸が痛んだ。

一度抜いて、仰向けにしてから挿入する。そして、腹をぴったりと合わせるように抱き締めた。

肌を擽《くすぐ》るブリジットの呼吸と体温に安心する。

「ごめん。たまには違うことしようかなって思ったけど、やっぱ顔見ながらがいいな」

額を合わせると、ブリジットはくすくすと笑った。

「うん。同じこと考えてくれてて嬉しい」

そして抱き着いてきて、顔を隠すように俺の肩に顎を乗せた。

「あのね……その、せっかくだから、ベルナールのこと、いっぱい感じたいの」

思わず射精しそうになって、ぐっとこらえた。これが一回目だったら絶対に暴発していただろう。

素知らぬ顔で体勢をずらし、頬にキスをした。

「ああ、俺も」

唇を合わせてゆるゆると動いて、二回目は終わった。

告白を受け入れてもらえた時、結婚した時、初夜を終えた時。これ以上の幸せはあるのだろうかといつも考えるが、彼女は常に過去を上回る幸福を与えてくれる。

俺も、それだけ彼女を幸せにできているのだろうか。いや、幸せにしたい。もっと、これからも、ずっと。

そう決意を新たに、疲れて寝ている彼女の身を清め、抱き締めたまま眠りについた。

濃蜜ラブファンタジー

ノーチェブックス

Noche BOOKS

執着王子に甘く暴かれる

婚約者が好きなのは妹だと告げたら、王子が本気で迫ってきて逃げられなくなりました

Rila

イラスト：花恋

伯爵令嬢のアリーセは、ある日婚約者が自分の妹と抱き合っているのを見かけてしまう。そのことを王太子で元同級生のヴィムに打ち明けると、「俺の婚約者のフリをしてくれないか」と提案される。王命で彼と婚約しているフリをすれば、穏便に婚約者との関係を清算できるかもしれない……フリでいいはずなのに、四六時中激しく求められて——？

詳しくは公式サイトにてご確認ください

https://noche.alphapolis.co.jp/

この作品に対する皆様のご意見・ご感想をお待ちしております。

おハガキ・お手紙は以下の宛先にお送りください。

【宛先】

〒150-6019 東京都渋谷区恵比寿 4-20-3 恵比寿ｶﾞｰﾃﾞﾝﾌﾟﾚｲｽﾀﾜｰ 19F
（株）アルファポリス　書籍感想係

メールフォームでのご意見・ご感想は右のＱＲコードから、
あるいは以下のワードで検索をかけてください。

アルファポリス　書籍の感想　検索

ご感想はこちらから

本書は、「アルファポリス」（https://www.alphapolis.co.jp/）に掲載されていたものを、
改稿、加筆のうえ、書籍化したものです。

わたしを抱《だ》いたことのない夫《おっと》が他《ほか》の女性《じょせい》を
抱《だ》いていました、もう夫婦《ふうふ》ではいられません

天草つづみ（あまくさ つづみ）

2025年 4月 25日初版発行

編集－吉本花音・森 順子
編集長－倉持真理
発行者－梶本雄介
発行所－株式会社アルファポリス
〒150-6019 東京都渋谷区恵比寿4-20-3 恵比寿ｶﾞｰﾃﾞﾝﾌﾟﾚｲｽﾀﾜｰ19F
TEL 03-6277-1601（営業） 03-6277-1602（編集）
URL https://www.alphapolis.co.jp/
発売元－株式会社星雲社（共同出版社・流通責任出版社）
〒112-0005 東京都文京区水道1-3-30
TEL 03-3868-3275
装丁イラスト－伏見塚つづ
装丁デザイン－AFTERGLOW
（レーベルフォーマットデザイン－團 夢見（imagejack））
印刷－中央精版印刷株式会社

価格はカバーに表示されてあります。

落丁乱丁の場合はアルファポリスまでご連絡ください。

送料は小社負担でお取り替えします。


ISBN978-4-434-35635-3 C0093